走进大学
DISCOVER UNIVERSITY

什么是
中国语言文学？

WHAT
IS
CHINESE LANGUAGE AND LITERATURE?

赵小琪　谭元亨　著

大连理工大学出版社
Dalian University of Technology Press

图书在版编目(CIP)数据

什么是中国语言文学？/ 赵小琪，谭元亨著. -- 大
连：大连理工大学出版社，2022.7
ISBN 978-7-5685-3811-4

Ⅰ. ①什… Ⅱ. ①赵… ②谭… Ⅲ. ①中国文学－通
俗读物 Ⅳ. ①I2-49

中国版本图书馆 CIP 数据核字(2022)第 070443 号

什么是中国语言文学？
SHENME SHI ZHONGGUO YUYAN WENXUE ?

出 版 人：苏克治
责任编辑：王华圣　　宋晓红
责任校对：白　璐
封面设计：奇景创意

出版发行：大连理工大学出版社
　　　　　（地址：大连市软件园路 80 号，邮编：116023)
电　　话：0411-84708842(发行)
　　　　　0411-84708943(邮购)　0411-84701466(传真)
邮　　箱：dutp@dutp.cn
网　　址：http://dutp.dlut.edu.cn

印　　刷：辽宁新华印务有限公司
幅面尺寸：139mm×210mm
印　　张：5.5
字　　数：87 千字
版　　次：2022 年 7 月第 1 版
印　　次：2022 年 7 月第 1 次印刷
书　　号：ISBN 978-7-5685-3811-4
定　　价：39.80 元

本书如有印装质量问题，请与我社发行部联系更换。

出版者序

高考，一年一季，如期而至，举国关注，牵动万家！这里面有莘莘学子的努力拼搏，万千父母的望子成龙，授业恩师的佳音静候。怎么报考，如何选择大学和专业，是非常重要的事。如愿，学爱结合；或者，带着疑惑，步入大学继续寻找答案。

大学由不同的学科聚合组成，并根据各个学科研究方向的差异，汇聚不同专业的学界英才，具有教书育人、科学研究、服务社会、文化传承等职能。当然，这项探索科学、挑战未知、启迪智慧的事业也期盼无数青年人的加入，吸引着社会各界的关注。

在我国，高中毕业生大都通过高考、双向选择，进入大学的不同专业学习，在校园里开阔眼界，增长知识，提升能力，升华境界。而如何更好地了解大学，认识专业，明晰人生选择，是一个很现实的问题。

为此，我们在社会各界的大力支持下，延请一批由院士领衔、在知名大学工作多年的老师，与我们共同策划、组织编写了"走进大学"丛书。这些老师以科学的角度、专业的眼光、深入浅出的语言，系统化、全景式地阐释和解读了不同学科的学术内涵、专业特点，以及将来的发展方向和社会需求。希望能够以此帮助准备进入大学的同学，让他们满怀信心地再次起航，踏上新的、更高一级的求学之路。同时也为一向关心大学学科建设、关心高教事业发展的读者朋友搭建一个全面涉猎、深入了解的平台。

我们把"走进大学"丛书推荐给大家。

一是即将走进大学，但在专业选择上尚存困惑的高中生朋友。如何选择大学和专业从来都是热门话题，市场上、网络上的各种论述和信息，有些碎片化，有些鸡汤式，难免流于片面，甚至带有功利色彩，真正专业的介绍尚不多见。本丛书的作者来自高校一线，他们给出的专业画像具有权威性，可以更好地为大家服务。

二是已经进入大学学习，但对专业尚未形成系统认知的同学。大学的学习是从基础课开始，逐步转入专业基础课和专业课的。在此过程中，同学对所学专业将逐步加深认识，也可能会伴有一些疑惑甚至苦恼。目前很多大学开设了相关专业的导论课，一般需要一个学期完成，再加上面临的学业规划，例如考研、转专业、辅修某个专业等，都需要对相关专业既有宏观了解又有微观检视。本丛书便于系统地识读专业，有助于针对性更强地规划学习目标。

三是关心大学学科建设、专业发展的读者。他们也许是大学生朋友的亲朋好友，也许是由于某种原因错过心仪大学或者喜爱专业的中老年人。本丛书文风简朴，语言通俗，必将是大家系统了解大学各专业的一个好的选择。

坚持正确的出版导向，多出好的作品，尊重、引导和帮助读者是出版者义不容辞的责任。大连理工大学出版社在做好相关出版服务的基础上，努力拉近高校学者与

读者间的距离,尤其在服务一流大学建设的征程中,我们深刻地认识到,大学出版社一定要组织优秀的作者队伍,用心打造培根铸魂、启智增慧的精品出版物,倾尽心力,服务青年学子,服务社会。

"走进大学"丛书是一次大胆的尝试,也是一个有意义的起点。我们将不断努力,砥砺前行,为美好的明天真挚地付出。希望得到读者朋友的理解和支持。

谢谢大家!

苏克治

2021 年春于大连

自　序

任何学科都有特定的研究对象和研究队伍，有着特定的学科精神。那么，中国语言文学这个学科的精神是什么呢？

是人文精神。

那么，什么是人文精神呢？

在中国，"人文"一词最早出现于"儒家六经"之一的《周易》。《周易·贲卦·彖传》中说："刚柔交错，天文也。文明以止，人文也。观乎天文，以察时变。观乎人文，以化成天下。"在这里，所谓的"人文"，就是以西周时期建立的礼乐典章制度对人们进行教化。

在西方，英语中的 Humanities（人文学科）与拉丁语中的 Humanitas（人性）和希腊语中的 Paideia（教育）有着非常密切的传承关系。它的意思是——为了培养理想的人而施行的一种优雅的人文教育。

可见，无论是在中国，还是在西方，人文精神的本质都是"以人为本"。它肯定人对真善美的追求和探索，以人的自由、全面的发展为目标。

早在春秋时期，孔子就说道："诗，可以兴，可以观，可以群，可以怨。"（《论语·阳货篇》）在孔子眼中，文学不仅可以激发人的情志，陶冶人的性情，而且可以促进人与人之间的关系，批判社会现实。在《晚清两大家诗钞题辞》中，梁启超说："文学是人生最高尚的嗜好"。从某种程度上说，一部中国语言文学史，就是一部中国人文精神的发展史。

从孔子的"仁者爱人"到墨子的"兼爱非攻"，从庄子的"壹其性，养其气，合其德"到孟子的"贫贱不能移，威武不能屈"，从屈原的"路漫漫其修远兮，吾将上下而求索"到杜甫的"会当凌绝顶，一览众山小"，从李白的"仰天大笑出门去，我辈岂是蓬蒿人"到苏轼的"一蓑烟雨任平生"，从范仲淹的"先天下之忧而忧，后天下之乐而乐"到顾炎武的"天下兴亡，匹夫有责"，一代又一代的中国语言文学大师以关爱生命、悲天悯人的人文情怀，自强不息、独立不羁的精神品质，豁达大度、达济天下的博大胸怀，创造了光辉灿烂的中华文化，使中华文化以一种独特的姿态巍然屹立于世界文化之林。

可以说，这些中国语言文学大师和他们的作品，既为中华民族人文精神的创建提供了最为基本的思想骨架，也为民族的进步提供了永不枯竭的深层思想资源。

我与许多人一样，当初选择中国语言文学作为自己大学学习的专业，既是因为中国语言文学是中华文化中最具活力、最辉煌灿烂的一部分，也是因为它蕴含的人文精神带给了我们强烈的精神享受，增强了我们的生命体验。

赵小琪

2022 年 3 月

目　录

中国语言文学是什么

盖文章,经国之大业,不朽之盛事。

——曹丕《典论·论文》

▶▶ 中国语言文学的定义、起源与特性

➡➡ 汉字的起源与发展:突变与渐变

我们讲中国语言文学,首先得从中国文字讲起。文字是文学的基础,离开了文字,文学就无从谈起。在中国文字体系中,汉字不仅是从古到今中华民族共同体成员进行沟通、交流的重要工具,而且是传承和弘扬民族文化的重要载体。

那么,汉字起源于何时? 它是谁创造的? 它又是如何发展的呢? 关于汉字的起源,有着种种不同的说法。

其中，最为人熟悉的是仓颉造字说。关于仓颉造字，许多古代文献都有记述。

《荀子·解蔽》中说："故好书者众矣，而仓颉独传者，壹也；好稼者众矣，而后稷独传者，壹也；好乐者众矣，而夔独传者，壹也；好义者众矣，而舜独传者，壹也。"

《韩非子·五蠹篇》中说："古者仓颉之作书也，自环者谓之私，背私谓之公，公私之相背也，乃仓颉固以知之矣。"

《吕氏春秋》中说："奚仲作车，仓颉作书，后稷作稼，皋陶作刑，昆吾作陶，夏鲧作城，此六人者，所作当矣。"

那么，仓颉是何许人？他又是怎么造出字的呢？

在《说文解字》中，许慎这样写道："黄帝之史仓颉，见鸟兽蹄远之迹，知分理之可相别异也，初造书契。"

由上可知，仓颉是黄帝时期的左史官。为了造字，他日思夜想，不断观察自然界鸟兽的行动，从鸟兽的足迹中得到启发，明白了分类别异的道理，创造了文字。

人类由"结绳记事"走向以文记事的时代，这当然被古人看成一件非常伟大的事情，因而，仓颉以及他造字的过程都被人们染上了浓重的神话色彩。

汉代纬书《春秋元命苞》说:"仓帝史皇氏,名颉姓侯刚。龙颜侈哆,四目灵光。实有睿德,生而能书。及受河图绿字,于是穷天地之变化。仰观奎星圆曲之势,俯察龟文鸟羽山川,指掌而创文字,天为雨粟,鬼为夜哭,龙乃潜藏。"

与常人不一样、长着四只眼睛的仓颉造出字后,人们从此可以借助文字记载事情,表达自己的情感和思想,所以上天降下粟米,表示祝贺。

那么,鬼为什么要哭泣呢?因为文字的创立,标志着人类改造世界的能力和智慧的提高,鬼神施展魔力的空间受到了限制。

由于仓颉做出了杰出的贡献,人们尊仓颉为"造字圣人"。河南省濮阳市南乐县梁村乡吴村现在还有仓颉陵、仓颉庙和造书台。

但是,也有人认为,造字这么复杂的事情,不可能是仓颉一个人在突然之间完成的,而应该是集体创造的成果。

章太炎在《造字缘起说》中说:"未有仓颉之前,民众画地成形,自为徽契。"不过,他认为仓颉的贡献在于他对文字的整理和统一。"仓颉者,盖始整齐划一,下笔不容

增损，由是率尔著形之符号，始为约定俗成之书契。"

与章太炎一样，鲁迅对仓颉一个人创造汉字的说法也表示怀疑。在《门外文谈》中，他说："但在社会里，仓颉也不只一个，有的在刀柄上刻一点图，有的在门户上画一些画，心心相印，口口相传，文字就多起来，史官一采集，便可以敷衍记事了。中国文字的由来，恐怕也逃不出这例子的。"

鲁迅的意思是，汉字的创造不可能是仓颉瞬间完成的。历史上如果有仓颉这个人，那么，他的主要贡献也在于对文字的采集和整理。

实际上，随着时间的推进和古代文物的不断出土，像章太炎、鲁迅这样对文字"突变说"表示怀疑的人越来越多。他们认为，一个没有见过文字的人，突然之间就能设计出一套文字，而且，这套文字还能在根本不知道它是什么的人群中推广，这基本上是不可能的。

在持"渐变说"的人看来，汉字的产生是人们在长期的劳动实践中不断摸索的结果，经历了一个较为漫长的过程。

根据已有的考古发现，中国文字性符号的起源是在距今七八千年的裴李岗文化时期。

在裴李岗文化贾湖遗址出土的甲骨、陶器上，有一些
"文字画"或文字性的刻画符号。尽管它们还不能被称作
严格意义上的文字，但是，有些契刻符号，像形似眼睛的
"目"、形似太阳的"日"，在形体结构上与后来商周时代的
甲骨文、金文极为相似。所以，专家们将它们称为"文字
画"或"文字性的符号"。这应该是中国最早的文字雏形。

在距今六七千年的仰韶文化半坡、姜寨等遗址中的
一些精美的陶器上也有许多刻画符号。郭沫若先生在
《古代文字之辩证的发展》一文中写道，这些刻画符号"无
疑是具有文字性质的符号，如花押或者族徽之类"，产生
的年代为"距今 6 000 年左右"。

学者于省吾也同意这个观点。在《关于古文字研究
的若干问题》一文中，他对一些陶器符号进行了考证，认
为它们之中的一些符号，像五、七、十、二十等，与甲骨文、
金文中的部分数字符号相似。

不过，也有学者认为，这些陶器上许多符号的笔画较
为简单，属于几何形的抽象符号，因而，还不能说它们是
文字，只能说是文字的前身。

在距今 6 500～4 500 年的大汶口文化遗址出土的陶
器上，人们发现了许多与仰韶文化时期不一样的刻画符

中国语言文学是什么

号——象形性的图画符号。根据文字起源于图画的理论，一些学者认为这些就是早期的象形文字。在《从大汶口文化的陶器文字看我国最早文化的年代》一文中，语言学家唐兰就持这种观点。

实际上，汉字的正式形成是在距今 4 500～4 000 年的龙山文化时期。

为什么这么说呢？

首先，在仰韶文化、大汶口文化时期的陶器上，呈现的都是单个的刻画符号、图形或图案。而在龙山文化时期的陶器上，已经有连字成词、句的早期文字了。其次，仰韶文化、大汶口文化时期陶器上的刻画符号一般只与后来殷商甲骨文、金文中结构简单的字的形式相似，而龙山文化时期陶器上一些刻画符号与殷商甲骨文、金文中结构复杂的字的形式相似。

不过，真正成熟、有系统、有比较严密规律的汉字，是殷墟文化时期的甲骨文。

商代盘庚王——商王盘庚继位之后，将都邑迁移到殷（现在的河南省安阳市西郊殷墟范围内）。

从盘庚到帝辛,8 代 12 位国王都将殷当作都邑。殷成为商代后期的政治、军事、文化中心。

殷墟中的甲骨文,是对仰韶文化、龙山文化时期陶文的继承和发展。它一被发掘出来,就立刻在全世界引起了极大的轰动。郭沫若先生在考察殷墟时写道:"洹水安阳名不虚,三千年前是帝都。中原文化殷创始,观此胜于读古书。一片甲骨惊世界,蕞尔一邑震寰宇。"

甲骨文为什么会产生如此大的影响呢?

首先,它是最早的成系统的中国汉字。在已出土的十几万片甲骨中,已经发现了 4 000 多个单字。从已经被识别的字来看,它们不仅可以连在一起成为句子,而且这些句子可以连在一起成为文章。

其次,它已经具有较为完整的造字方法。它以象形字为主,又由象形字派生而出指事、会意、形声字。

甲骨文中绝大部分是商王用来占卜的特殊产物。商王非常迷信,极为崇拜鬼神。在生活的各个方面,诸如农耕、战争、狩猎、自然现象、年成、疾病、生育,他都要通过占卜来探寻鬼神的旨意。然后,巫史就会把占卜的情况刻在龟甲、兽骨上。

一篇甲骨卜辞一般会包含叙辞、命辞、占辞、验辞四个部分，有着较为严密的叙事逻辑和完整的结构，合乎文章结构设计的原则和要求，因而，我们有理由将其看成中国早期的文学。可以说，甲骨文中的文献虽然较为短小，但是，它开启了中国文学的历史，在中国文学史上具有不可低估的历史作用。

➡➡ 文学的定义：自律与他律

在线上、线下的不同种类的讲座中，文学讲座总是备受欢迎。在高校的各种选课攻略中，文学课和讲授文学课的老师总是备受推崇。文学为什么这么受人欢迎？这主要有下面几个方面的原因。

其一，文学中的传奇性故事能够满足人们的本能欲求。

从本性来说，人对远游或流浪是充满着一种本能的渴望的。无论是西方的《荷马史诗》《马可·波罗行记》，还是中国庄子的《逍遥游》、吴承恩的《西游记》、李汝珍的《镜花缘》等，都强烈地表达了人类去远游或流浪的冲动与欲望。

其二，文学建构了一个与现实世界不同的虚幻世界，可以使人们超离现实之苦难。

盘古开天、夸父逐日、后羿射日、大禹治水，这些神话故事中的英雄总是表现出一种强烈的自由意志，具有一种百折不挠的决心和精神。现实中多少人梦寐以求的愿望，多少人耗费一生也没有获得的生命自由，这些英雄都可以凭借着超凡的精神和意志去获得。

其三，文学可以使人们产生情感上的共鸣，获得精神上的满足。

在《梁山伯与祝英台》《西厢记》《牡丹亭》《罗密欧与朱丽叶》《红字》《荆棘鸟》等中外经典爱情作品中，无论是"痴情""纯情"，还是"悲情""哀情"，都极具感染力。像《西厢记》中的张生与崔莺莺、《梁山伯与祝英台》中的梁山伯与祝英台、《红字》中的白兰与牧师丁梅斯代尔那样明知不可为而为之，像《牡丹亭》中的柳梦梅与杜丽娘、《罗密欧与朱丽叶》中的罗密欧与朱丽叶那样为情所生、为情所死，都与作为读者的我们对至善至美的两性情感的心理期待相契合。

其四，文学可以用最为形象、精练的语言阐述最为深刻的人生道理。

在我们遭受挫折的时候，李白《行路难》中的"长风破

浪会有时，直挂云帆济沧海"，唐代高僧黄檗禅师《上堂开示颂》中的"不经一番寒彻骨，怎得梅花扑鼻香"，雪莱《西风颂》中的"如果冬天来了，春天还会远吗"，往往会让我们明白，坚持不懈会让我们战胜一切困难，走向铺满鲜花的康庄大道。

而当我们不能辩证地看待事物之间的关系的时候，《老子》中的"福兮祸所伏，祸兮福所倚"、《楚辞》中的"尺有所短，寸有所长"等句子告诉我们，在看待相互矛盾的事物的时候，既要看到它们相互对立的一面，也要看到它们相互依存的一面。

那么，令许多人喜欢的文学到底是什么呢？

我们得先谈谈中外历史上文学这一概念指涉的对象和范围。

春秋时期，儒家经典《论语》中就已经提及"文学"。它与"德行""言语""政事"一起被称为孔门四科，这时候的"文学"指的是学术文化。

到汉代，司马迁在《史记·太史公自序》中提及的"文学"仍然泛指各种学术文化："于是汉兴，萧何次律令，韩信申军法，张苍为章程，叔孙通定礼仪，则文学彬彬稍进，《诗》《书》往往间出矣。"

到了南北朝时期，宋文帝刘义隆将"文学"、"儒学"、"玄学"和"史学"设立为"四学"，"文学"从"学术文化"中脱离出来，获得独立的地位。

与中国一样，西方"文学"概念的指涉对象和范围在历史上也发生了较大的变化。

在拉丁语中，"文学"(Litterae)一词的词根是Littera，它的内涵是"文字""字母"，多数情况下指"书写技巧"。16世纪，"文学"的词义发生变化，由"字母""文字"向"学识""学问""书本知识"的意思转换。

在《文学理论》中，乔纳森·卡勒认为："如今我们称之为文学 literature(著述)的是 25 个世纪以来人们撰写的著作。而 literature 的现代含义——文学，才不过200 年。1 800 年之前，literature 这个词和它在其他欧洲语言中相似的词指的是'著作'，或者'书本知识'。"

而在威德森、伊格尔顿等看来，作为一种现代的语言性艺术的文学概念出现于 19 世纪。在《现代西方文学观念简史》中，威德森说："到了 19 世纪下半叶，一个充满审美化的、大写的'文学'概念已经流行起来。"

在《二十世纪西方文学理论》中，伊格尔顿认为："'文学'一词的现代意义直到 19 世纪才真正出现。这种意义

上的文学是晚近的历史现象：它是大约 18 世纪末的发明，因此乔叟甚至蒲伯都一定还会觉得它极其陌生。首先发生的情况是文学范畴的狭窄化，它被缩小到所谓'创造性'或'想象性'作品之上。"

在中国，现代意义上的文学概念，是西方现代学科观念影响下的结果。1902 年，京师大学堂第三任管学大臣张百熙在负责制定的《钦定京师大学堂章程》中，将大学分为七科：政治科、文学科、格致科、农业科、工艺科、商务科、医术科。文学成为一个独立的学科，在近代学术体系中占据了重要的位置。不过，这个章程中的"文学"还包括了经学、史学、理学、诸子学、掌故学、词章学、外国语言文字学。

1904 年，清政府颁布了《奏定学堂章程》，"文学"的地位得到了进一步的提升。该章程将经学、理学等从文学中分离出去，文学与经学、政法、医学、格致、农学、工科、商科并列为八大学科。文学科下面又分为九门，其中以"中国文学门"的课程设置最为详细。它包括文学研究法、说文学、音韵学、历代文章流别、古人论文要言、周秦至今文章名家、周秦传记杂史及周秦诸子等。其中，"说文学"和"音韵学"与现在中文系的语言学课程相似，"历代文章流别""古人论文要言""周秦至今文章名家"分别与现在中文系的文学史、文学批评史、文学名著导读等课程接近。这说明，由文学与语言共同构成文学学科的结构已经初步成型。

同时上呈的《奏定学务纲要》特别强调："学堂不得废弃中国文辞，以便读古来经籍……中国乐学久微，借此亦可稍存古人乐教遗意。中国各种文体历代相承，实为五大洲文化之精华……外国学堂最重保存国粹，此即保存国粹之一大端。""中国文学"已经被提升到"保存国粹"的重要地位。

文学学科与史学、哲学等其他学科的完全分离，是在1913年。这一年，中华民国教育部发布的《大学规程》中，正式将大学文科分为哲学、文学、史学、地理学四个学科，文学学科的真正独立由此开始。

与"文学"概念的指涉对象和范围不断变化一样，"文学"的本质和定义也是随着时代的变化而变化的。

文学是什么？或者说，文学的本质是什么？围绕这个问题，古今中外的学者进行了种种界定。

他们有的说文学是现实生活本质的典型再现，有的说文学是人们心灵情感的表现，有的说文学是作家潜意识欲念和愿望的呈现，有的说文学是社会意识形态的反映。

这些观点说明，在中外学者眼中的文学本质并不是静止、固定的，而是不断流动、变化的。

不过，综观古今中外不同学者对文学本质的各种观点，我们可以发现，这些观点虽然相互矛盾、相互冲突，显示出非常复杂的形态，但是，它们实际上可以归纳为像韦勒克、沃伦在《文学理论》中所说的两种观点，即重视文学的审美性、自律性和重视文学的功利性、他律性。

在不同的历史文化语境下，文学他律论和文学自律论在不同学者的阐释当中呈现出非常鲜明的历史性特征。

在西方，古希腊的德谟克利特、亚里士多德等人是最早的一批持有文学反映论观点的学者。

在《诗学》中，亚里士多德说："史诗和悲剧、喜剧和酒神颂以及大部分双管箫乐和竖琴乐——这一切实际上是模仿。只是有三点差别，即模仿所用的媒介不同，所取的对象不同，所采的方式不同。"

亚里士多德认为，文学不是像柏拉图所说的那样不真实的，而是真实的。为了说明这个问题，他将诗歌与历史进行了比较。他在《诗学》中说："诗人的职责不在于描述已发生的事，而在于描述可能发生的事，即按照可然律或必然律发生的事。历史学家与诗人的差别不在于一用散文，一用'韵文'；希罗多德的著作可以改写为'韵文'，但仍是一种历史，有没有韵律都是一样；两者的差别在于一叙述已发生的事，一描述可能发生的事。因此写诗这种活动比写历史更富于哲学意味，更被严肃对待。因为诗所描述的事带有普遍性，历史则叙述个别的事。"（《诗学》）

　　亚里士多德想强调的是，文学不仅是真实的，而且相对于历史而言，它更能表现出事物的本质属性和自然发展的规律，具有更高的真实性。因而，反映事物必然性和普遍性的本质和规律的诗歌，显然比反映个别事物的历史更永久。

　　亚里士多德等古希腊学者的这种模仿说在 14—16 世纪文艺复兴运动、18 世纪启蒙主义运动、19 世纪批判现实主义浪潮中经过许多文人的进一步发展和完善，体系日趋成熟。到马克思、恩格斯、列宁这里，他们更是将文学与意识形态紧密地联系在一起，强调文学的社会属性与功能。列宁在党的组织和党的出版物中说："写作事业应当成为无产阶级总的事业的一部分。"列宁的这种文学观对 20 世纪中国的文学意识形态本质论产生了极为重要的影响。

一般认为，中国古代是"诗言志""诗缘情"等文学表现论一统天下的时期。而事实上，中国古代的文学反映论也大行其道。

在中国古人那里，"诗言志"中的"志"也好，"诗缘情"中的"情"也好，常常是受到外在物体的刺激、感染而产生的。

《礼记·乐记》中说："凡音之起，由人心生也，人心之动，物使之然也。感于物而动，故形于声。声相应，故生变。变成方，谓之音。""乐者，音之所由生也，其本在人心之感于物也。"

此后，钟嵘、刘勰等中国古代文人都强调了"感物"对于情感表现的重要性。

在《诗品序》中，钟嵘说："气之动物，物之感人，故摇荡性情，形诸舞咏。"在《文心雕龙·明诗》中，刘勰说："人禀七情，应物斯感。感物吟志，莫非自然。"

如果说西方的反映论更为重视主体对客体的模仿和再现，那么，中国的反映论更为重视主体与客体的心物感应。

随着鸦片战争的发生，中国出现了"三千年未有之变局"。面对着严峻的国际国内形势,梁启超等近现代文人希望借助文学启蒙民众,改造中国的国民性。在《论小说与群治之关系》中,梁启超强调:"欲新一国之民,不可不先新一国之小说。故欲新道德,必新小说;欲新宗教,必新小说;欲新政治,必新小说;欲新风俗,必新小说。"

梁启超之后,这种文学的社会反映论因为契合了中国文人以文学济世救国的政治情怀,获得了许多文人的推崇。

在《文学与人生》中,茅盾说:"而真的文学也只是反映时代的文学。"在《文学概论》中,沈天葆说:"从这里来看,文学是人生的表现与批评;须具有以下的条件:要有最佳妙的思想,要有魔力似的感情,要有合于艺术性的精神,要有促进理解和激发欣赏的魄力。"在《大众文艺新论》中,林洛说:"文学是通过用语言建立起来的典型形象来反映现实,批判现实,进而指示人们去改变现实的一种人民的战斗的艺术。"

将文学看成对自然、历史、社会、人生的反映显然有一定的道理。杜甫的"三吏""三别"、施耐庵的《水浒传》、曹雪芹的《红楼梦》、但丁的《神曲》、卢梭的《忏悔录》、狄更斯的《雾都孤儿》等之所以产生广泛的社会影响,当然

不仅因为它们言说了作家个人的志向和情感，而且因为它们表现了作家对于社会、人生的深邃思考。

以文学反映社会人生，借文学启蒙民众、改造国民性格固然重要，但问题是，即使是反映社会人生，文学与政治、哲学等在反映方式上也存在着很大的差异；即使是改造社会，文学与政治、经济等在改造方式上也有着重大的区别。

在《审美之维》中，马尔库塞说："艺术与革命在'改造世界'即解放中携起手来；但是，艺术在其实践中并不离开它自身的维度。"

关于这个问题，鲁迅先生也有非常深刻的阐述。在《文艺与革命》中，他说："但我以为一切文艺固是宣传，而一切宣传却并非全是文艺，这正如一切花皆有色（我将白也算作色），而凡颜色未必都是花一样。革命之所以于口号、标语、布告、电报、教科书……之外，要用文艺者，就因为它是文艺。"

马尔库塞、鲁迅强调的，就是文学反映现实的独特形式与方式的重要性。

事实上，在中外历史上，一直存在着一种和注重文学与社会关系的他律论相对峙的注重文学内结构的自律论。

我国历史上第一篇诗歌专论《毛诗序》就揭示了情感性是文学的本质特性的问题："诗者,志之所之也。在心为志,发言为诗,情动于中而形于言。"

魏晋南北朝时期,陆机在《文赋》中提出了"诗缘情而绮靡"的主张,刘勰在《文心雕龙》中认为,"故情者文之经,辞者理之纬;经正而后纬成,理定而后辞畅"。到清代,袁枚力倡"性灵说",主张文学表现个人的真实性情。在《答蕺园论诗书》中,他说:"且夫诗者,由情生者也。有必不可解之情,而后有必不可朽之诗。"

在他们看来,情感既是文学的主要来源和表现内容,也是文学的基本特征。

在西方,反映论或者说再现论一直占据着主导地位。文艺复兴运动期间,蒙田提出了"自我表现"说。他"把自己作为辩论的对象和文章的主题"(《蒙田随笔全集》第二卷),以文学来极力表现自我内部的复杂性和无意识性。

随着浪漫主义运动的兴起,西方出现了追求个性解放和精神上绝对自由的思潮。魏朗、华兹华斯、雪莱等浪漫主义文人都将文学的本质看成个体精神的外化和自我情感的表现。在《美学》中,魏朗认为艺术与科学的区别在于它表现的是情感,艺术的价值取决于它表现情感的

深度和广度。在《抒情歌谣集·序言》中，华兹华斯宣称：
"一切好诗都是强烈情感的自然流露。"

19世纪末20世纪初，现代主义文人以对非理性的肯
定与张扬来反抗理性化世界对人的压抑与异化，将文学
看成了对主体的心灵的潜意识、无意识的表现。在《关于
文学的发展》中，象征主义代表性诗人马拉美认为，诗歌
的任务就在于表现人的内心中"某种隐秘的东西"。在
《第一次超现实主义宣言》中，超现实主义流派领袖布勒
东宣称，文学就在于表现"纯粹心理上无意识的行为"。

从蒙田的文学"自我表现"说到布勒东的文学"潜意
识表现"论，其目的都是希望凸显文学表现内容的独特
性，将人们的目光拉回到对文学的内在结构与价值的关
注上。

在中国近现代，王国维是最早提倡文学具有"无用之
用"的审美功用的人。在《论教育之宗旨》中，他说："美之
为物，为世人所不顾久矣！庸讵知无用之用，有胜于有用
之用者乎？"

此后，许多中国现代文人将审美作为文学的本质特
征，以无功利的文学审美观反对文学反映现实生活的功
利论。

在《文学的本质》中，郭沫若说："文学的本质是有节奏的情绪的世界""是主观的、表现的，而不是没我的、模仿的。"在《什么是文学——答钱玄同》中，胡适说："语言文字都是人类达意表情的工具，达意达得好，表情表得好，便是文学。"在《文学理论》中，陈穆如给文学下的定义是："文学是用文字做形式来表示生命的活动的想象和感情的。"

无论是情感表现说还是潜意识表现说，都强调了文学与社会、政治、历史、经济等的边界，凸显了文学本身的审美特性。

但是，如果我们客观地看待上述关于"文学是什么"的种种定义，就会发现，正如文学反映论存在局限一样，文学表现论同样存在着局限。文学反映论过于重视文学的社会历史性，忽略了文学语言、形式的审美性。文学表现论过于重视文学的语言功能和感情色彩，忽略了文学与政治、经济、道德等的联系。

而事实上，文学既不可能只有审美的形式和情感，也不可能只有社会、人生的内容。在文学作品中，审美的形式、情感与社会历史、功利与非功利因素总是相互联系、相互渗透在一起的。

中国语言文学是什么

正因如此，一些学者希望在文学的审美性与社会历史性、功利与非功利之间找到平衡点，对文学的本质特性进行较为周全的阐述。

在《文学论》中，汪祖华说："我们的文学定义是，文学，是用文字的形式，表示生命之流的纯粹情感、博大的思想、精切的想象，是个性的表现，是人生的反映。"在《文学本质观和我们的问题意识》中，童庆炳说："文学是一种语言所呈现的审美意识形态。"

这些界定涉及了文学本质的多维性：首先，文学是一种语言的艺术。其次，文学又不是一般性的语言艺术，而是一种将语言的审美性发挥得淋漓尽致的艺术，它以审美的语言表现"生命之流的纯粹情感、博大的思想"。最后，任何文学作品都包含着作家对社会、人生的认知态度和价值评判，这种认知态度和价值评判，都属于意识形态。

文学仍然在不断发展，对文学本质的定义工作也仍然没有结束。

➡➡ 中西诗歌、戏剧比较：写意与写实

有比较才有鉴别。一个民族的文学的特点，只有在与其他民族的文学的比较中才能凸显出来。

西方有许多篇幅很长的诗歌,像英国的《贝奥武夫》、法国的《罗兰之歌》、德国的《尼伯龙根之歌》等都是长篇英雄史诗。而与西方诗歌偏重叙事不同,中国诗歌偏重抒情。我国古代最长的叙事诗《孔雀东南飞》,只有350余句1 000多字。我国古代最长的抒情诗《离骚》也只有370余句2 400余字。

那么,诗歌越长就越好吗?或者,换句话说,什么样的诗歌才是好诗呢?

明代谢榛在《四溟诗话》中说:"韦苏州曰:'窗里人将老,门前树已秋。'白乐天曰:'树初黄叶日,人欲白头时。'司空曙曰:'雨中黄叶树,灯下白头人。'三诗同一机杼,司空为优。"

韦应物、白居易、司空曙三个人的诗句在状物、写景、表意方面极为相似,为什么谢榛偏偏说司空曙的诗句最好呢?

新批评代表性人物韦勒克、沃伦在《文学理论》中强调:"文学研究应该是绝对'文学'的。"

那么,什么是文学作品中的文学性呢?

在俄国语言学家、布拉格学派的代表性人物雅各布森那里,文学作品中的文学性就是文学的诗性。

中国语言文学是什么

在《语言学与诗学》中，雅各布森认为，任何文本都具有情绪的、指称的、诗性的、交际的、元语言的、意动的六大功能。而在诗歌中，决定诗歌之所以是诗歌的，是它的诗性的功能。那么，什么是诗性的功能呢？他说："纯以话语为目的，为话语本身而集中注意力于话语——这就是语言的诗歌功能。"

在雅各布森看来，诗的本质是语言符号不指向外在的事物，而指向自身的词汇、句法和审美意义。

用雅各布森的观点来看韦应物、白居易、司空曙三个人的诗句，我们就会明白司空曙诗句最好的原因。韦应物诗句中的"将""已"二字、白居易诗句中的"初""欲"二字，都是表示时间的修饰语，具有非常强的说明、解释作用，这在很大程度上削弱了诗歌的诗性功能。而司空曙的诗句排斥了所有具有说明、解释功能的字词，直接以意象的呈现来表达诗歌的意义。

可见，真正好的诗歌不在于它的长度，而在于它要以最少的可感性语词单位表达最为博大深邃的思想。

西方诗歌中有大量的状语、补语和副词、介词等说明、解释性文字，而中国诗歌往往是系列意象的直接呈现。

这其实与中国、西方语言文字的特点有很大的关系。较之西方的表音文字，中国的表意文字具有更强的形象性。在很大程度上，中国文字只需要呈现，不需要说明。

正是因为对中国文字这种强大的表意功能的痴迷，美国意象派代表性诗人庞德在他的诗歌中经常直接引用汉字。

我们来看他的《比萨诗章·第七十七章》这首诗。

北风与它的麒麟同来

令下士心碎

闪耀的黎明**旦**在茅屋上

次日

有绞架看护的影子

比萨的云无疑森罗万象

绚丽和我迄今所见的一样

这里的汉字"旦"一方面与英语中的 dawn（黎明）谐音；另一方面，作为指事字，它指涉太阳刚从地平线上升

起的样子。庞德对这个汉字的粘贴和凸显，一方面造成英语读者震惊式的审美体验，另一方面也表达了作者对于美好未来的期待。

雅各布森还有一个观点，可以用来说明中西诗歌的另外一个不同点。

雅各布森继承和发展了索绪尔的理论，提出了横组合轴和纵聚合轴的观点。

什么是横组合轴关系呢？就是各个语词成分按照相邻性原则进行排列。什么是纵聚合轴关系呢？就是横组合段中的任何一个语词成分与可以取代它的语词成分的关系。

在雅各布森看来，任何语言艺术作品中都具有横组合轴与纵聚合轴，而诗歌则是纵聚合轴占主导地位的文体。

西方诗人写诗，常常处于迷狂状态，情感极为热烈、外放。在荷马的《伊利亚特》、但丁的《神曲》、拜伦的《唐璜》、艾略特的《荒原》中，诗人们关心时间的演进、逻辑的发展与因果的关系。这些都显示了西方诗歌的大气磅礴和叙事完整性。中国诗人写诗，讲究"妙悟""虚静"，情感较为含蓄、内敛。

我们来看中西方同样写女性对于男性埋怨的诗句。

西宫秋怨
王昌龄

芙蓉不及美人妆，水殿风来珠翠香。

谁分含啼掩秋扇，空悬明月待君王。

行宫
元稹

寥落古行宫，宫花寂寞红。

白头宫女在，闲坐说玄宗。

唐璜（节选）
拜伦

一百四十五

在这调查的期间，朱丽亚的嘴

一直不停歇；她叫道："好，搜吧，搜吧！

侮辱加上侮辱，残害再加上残害！

就是为了这一切我才嫁给了他！

就为这个我默默忍受了多少年，

和阿尔方索那样的人同枕共眠！

可是够了！只要法律在西班牙还有，

我就一天也不能再留在这里。"

一百四十六

"好，阿尔方索！你不再是我的丈夫了，

其实一向你也就不配这个称呼；

这么大年纪竟来胡闹！……你都六十了……

五十，或六十，反正都一样；无缘无故

你来搜罗证据破坏一个贞洁

女人的名声，合适吗？老糊涂！

呸，背恩负义、心非口是的野人虫，

你居然想你太太还会再容忍下去？"

我们可以发现,中国诗歌字斟句酌,情感的表达非常含蓄、委婉,西方的诗歌讲究事件的叙述,情感的表达直接、大胆。

　　而在雅各布森看来,读者在看诗的时候,主要不是关心时间链条和因果逻辑的问题。这件事发生的原因是什么? 它是怎么发生的? 它是如何演进的? 它的结局是什么? 这些横组合轴中的问题是小说、戏剧应该去解决的问题,而不是诗歌应该去解决的问题。

　　诗歌主要解决的是纵聚合轴上的问题,即诗人通过不断选字、炼字来实现诗歌语言表达的最优化。

　　在《题李凝幽居》中,贾岛写道:

闲居少邻并,草径入荒园。
鸟宿池边树,僧敲月下门。
过桥分野色,移石动云根。
暂去还来此,幽期不负言。

　　在《泊船瓜洲》中,王安石写道:

京口瓜洲一水间，钟山只隔数重山。

春风又绿江南岸，明月何时照我还？

贾岛对于"鸟宿池边树，僧敲月下门"这一句中的"推""敲"的选择，王安石对于"春风又绿江南岸"一句中"绿"与"到"的选择，都是在选择轴上寻找最具表现力的相似性语词的表现。

用雅各布森的观点来看，"推"与"敲"、"绿"与"到"具有一种相似性。贾岛、王安石等中国诗人基于选择轴上的相似关系选择的语词，就是一种隐喻。

在《隐喻和转喻的两极》中，雅各布森说："相似把隐喻性词语同它所替代的词语联系起来。"

而在荷马的《伊利亚特》、但丁的《神曲》、拜伦的《恰尔德·哈洛尔德游记》、艾略特的《荒原》等西方诗歌中，诗人们无暇关心选字、炼字，关注的是相邻事物的替代或相继，关注的是各个语言单位的时间关系和逻辑关系。

伊利亚特(节选)

荷马

是哪位神祇挑起了二者间的这场争斗？

是宙斯和莱托之子阿波罗，后者因阿特柔斯之子

侮辱了克鲁塞斯，他的祭司，而对这位王者大发
其火。

他在兵群中降下可怕的瘟疫，吞噬众人的生命。

为了赎回女儿，克鲁塞斯曾身临阿开亚人的

快船，带着难以数计的赎礼，

手握黄金节杖，杖上系着远射手

阿波罗的条带，恳求所有的阿开亚人，

首先是阿特柔斯的两个儿子，军队的统帅：

"阿特柔斯之子，其他胫甲坚固的阿开亚人！

但愿家住奥林帕斯的众神答应让你们洗劫

普里阿摩斯的城堡，然后平安地回返家园。

请你们接受赎礼，交还我的女儿，我的宝贝，

以示对宙斯之子、远射手阿波罗的崇爱。"

荒原（节选）

艾略特

四月是最残忍的一个月，荒地上

长着丁香，把回忆和欲望

掺合在一起，又让春雨

催促那些迟钝的根芽。

冬天使我们温暖，大地

给助人遗忘的雪覆盖着，又叫

枯干的球根提供少许生命。

夏天来得出人意料，在下阵雨的时候

来到了斯丹卜基西；我们在柱廊下躲避，

等太阳出来又进了霍夫加登，

喝咖啡，闲谈了一个小时。

我不是俄国人，我是立陶宛来的，是地道的德国人。

而且我们小时候住在大公那里，

我表兄家，他带着我出去滑雪橇，

我很害怕。他说，玛丽，

玛丽,牢牢揪住。我们就往下冲。

在山上,那里你觉得自由。

大半个晚上我看书,冬天我到南方。

这些诗的叙述是沿着水平向度排列的语言子单元的组合。而在雅各布森那里,这种根据相邻性原则把一词置于另一词旁边的语词横向组合方式,就是一种转喻。

从这个方面来说,中国诗歌主要是重隐喻的,西方诗歌主要是重转喻的。

与中国诗歌一样,中国戏剧也具有非常强烈的写意色彩。

在《我的中国旧戏观》中,张厚载说:"中国旧戏第一样的好处,就是把一切事情和物件都用抽象的方法表现出来。抽象是对于具体而言的。中国旧戏,向来是抽象的,不是具体的。譬如一拿马鞭子,一跨腿,就是上马。这种地方人都说是中国旧戏的坏处。其实这也是中国旧戏的好处……既然不能样样具体,倒不如索性样样抽象,叫人家'指而可识'。那么无论如何大的质量、如何多的数量,都可以在戏台上演出来了。这岂不是中国旧戏的根本好处吗?……中国旧戏形容一切事情和物件,多用

中国语言文学是什么

假象来模仿，所以很有游戏的兴味和美术的价值。这也是中国旧戏的一件好处。"

张厚载在当时就能发现中国戏曲不同于西方戏剧的虚拟性、审美性等特点，这些观点就是在今天看来也是合理的。西方人又是如何看待中国戏剧的呢？

布莱希特是西方戏剧史上划时代性的人物，他颠覆了长期统治西方的亚里士多德式的模仿论戏剧传统，创立了重视陌生化叙述的表现主义戏剧体系。

对于布莱希特的贡献，德国著名学者瓦尔特·本雅明在《什么是史诗剧》中给予了非常高的评价。他说："布莱希特以其史诗性戏剧同以亚里士多德的理论为代表的狭义的戏剧性戏剧分庭抗礼。因此，可以说，布莱希特创立了相应的非亚里士多德式的戏剧理论，就像利曼创立了非欧几里得几何学一样。"

一般认为，布莱希特戏剧体系有三大来源，其中的一大来源就是中国古典戏剧。

1935 年，布莱希特在莫斯科观看了梅兰芳的演出，他深深折服于中国戏剧的魅力。在《中国戏剧表演艺术中的陌生化效果》一文中，他对中国戏剧的表演艺术称赞不已："中国古典戏曲也很懂得这种陌生化效果，它很巧妙地运用这种手法。人们知道，中国古典戏曲大量使用象征手法。一位将军在肩膀上插着几面小旗，小旗多少象征着他率领多少军队。穷人的服装也是绸缎做的，但它却由各种不同颜色的大小绸块缝制而成，这些不规则的布块意味着补丁。各种性格通过一定的脸谱简单地勾画出来。"

由此可见，布莱希特等西方戏剧家将亚里士多德式戏剧看成戏剧发展的束缚，而将中国戏剧看成戏剧发展的希望。

实际上，对于西方戏剧发展的这种新的趋势，当时一些中国学者已经敏锐地发现了。

1926 年，留美归国的余上沅、赵太侔、闻一多等人在《晨报副刊》上创办了《剧刊》，倡导"国剧运动"。他们反对那种非此即彼的二元对立的戏剧观，主张辩证地看待中西方戏剧。在《国剧》一文中，赵太侔说："现在的艺术世界，是反写实运动弥漫的时候。西方的艺术家正在那里拼命解脱自然的桎梏，四面八方求救兵。中国的绘画确供给了他们一支生力军。在戏剧方面，他们也在眼巴巴地向东方望着。"

在《旧戏评价》一文中，余上沅说："就西洋和东方全体而论，又仿佛一个是重写实，一个是重写意。""要研究

一种艺术,对于其他的艺术也就不能漠视;要研究艺术之结晶的戏剧艺术,尤其如此。中国发达到最纯粹的艺术,当然是书法,其次是绘画。其他艺术,如诗词,如戏剧,都和书画具有同样的精神,都趋向于纯粹的艺术。"

将中国戏剧和西方戏剧的特点分别概括为"写意"和"写实",应该是较为准确的。

在戏剧观上,西方戏剧重再现,中国戏剧重表现。

从亚里士多德开始,西方戏剧家就非常重视对现实生活的真实摹写,以表演的情景与现实生活的相似为最高境界。为了制造真实的幻觉,戏剧家不仅要求戏剧舞台上的场景酷似生活中的自然状态,而且要求演员极力消除"演"的痕迹,化入角色之中,使观众产生戏剧就是真实生活的幻觉。

著名戏剧家斯坦尼斯拉夫斯基在排演莎士比亚戏剧《奥赛罗》的时候,为了真实地再现小船驶过威尼斯河水的场景,在船下装了轮子,用鼓风机不断地吹动着口袋,以此形成翻滚的波浪。

不过,如果要再现第二次世界大战时期的坦克、飞机大战,西方戏剧家们难道能够将飞机和坦克推上舞台吗?

显然，这种照相式地复制生活的写实戏剧观，一方面极大地限制了戏剧表现现实生活的范围，另一方面也极大地消解了演员和观众的主体意识。

　　与之不同，中国戏剧并不注重对现实生活的模仿，而是重视演员在舞台上的表现。中国戏剧家不要求演员完全化入角色，而是希求演员与角色保持一定的距离，以自己的认识与理解来阐释角色。

　　梅兰芳扮演《贵妃醉酒》中的贵妃的时候，观众看见的既是历史上的杨贵妃，也是扮演杨贵妃的梅兰芳。表演者梅兰芳的主体意识并没有消逝在被表演的杨贵妃之中。从某种程度上说，人们去剧场看《贵妃醉酒》，最感兴趣的不是梅兰芳扮演的杨贵妃与历史上真实的杨贵妃的相似性，也不是舞台布景与历史上的环境的相似性，而是梅兰芳的精湛演技。梅兰芳以特定的表情、唱腔、舞姿和动作对杨贵妃的阐释，是深深吸引观众的主要原因。

　　对于中国戏剧的这种表意性特点，布莱希特有非常深刻的认识。在《中国戏剧表演艺术中的陌生化效果》一文中，他说："中国戏曲演员的表演，除了围绕他的三堵墙之外，并不存在第四堵墙。他使人得到的印象，他知道他的表演在被人观看。这种表演立即背离了欧洲舞台上的

一种特定的幻觉。观众不再有这种幻觉，不再是一个真实发生的事件的、不为人注意的目击者。"

在戏剧时空结构上，西方戏剧重视生活的逻辑和顺序，中国戏剧重视在想象的世界里自由驰骋。

西方戏剧家极为推崇"三一律"法则，要求一出戏发生的时间、地点、情节要高度统一。在空间上，西方戏剧家注重纯物质、可见的场景的建构，无论是一草一木，还是一砖一瓦，都希求它们与现实生活中的事物相似或者一致。在表演霍普特曼的《日出之前》时，为了营造真实的农家气氛，戏剧家将树木、花圃、井圈、鸽棚、马厩等直接搬上了舞台。

在时间上，戏剧家们也希求戏剧中的时间进程与生活中的时间进程大体一致。在上演《好兵帅克第一次世界大战历险记》的时候，为了展示帅克连续行走了三天三夜的进程，导演让扮演帅克的演员在舞台上不断地行进。

不过，生活的时空是无限的，而戏剧舞台的时空却是受到限制的。要想用有限的舞台时空去真实地再现无限的生活时空，何其难哉！

面对这一难题，中国戏剧家运用了想象性思维加以处理。

在中国戏剧舞台上，时间和空间都是充满想象性的。

在空间上，中国戏剧"景随人生，人走景灭"。演员可以通过虚拟表演、身段动作和唱念做打等来表现空间的转换。演员转一个圈儿，就能代表他从金碧辉煌的皇宫走到了风景秀丽的西湖；再转一个圈儿，就代表他从西湖走到了黄沙滚滚的边疆。《梁山伯与祝英台》中的"十八里相送"，是这部戏剧中最为经典的爱情情景意象。梁山伯与祝英台一会儿在河岸上观看水中嬉戏的鸳鸯，一会儿携手走过独木小桥……一步一景，一景一情，这些景都不是真实的物质景观，而是通过演员的一系列唱词、舞蹈动作、虚拟表演等生动地表现出来的。但是，这种通过想象建构出来的景与情，往往能为观众感受和想象到。

同样，中国戏剧舞台上的时间也是非常灵活自由的。无论是演员的语言、唱词，还是演员的舞蹈动作，都可以用来表现时间的流动与转换。

有时候，演员凭借一句唱词就可以实现时间的转换。在《窦娥冤》第四折中，窦娥父亲唱道："老夫今在这州厅安歇……呀，天色明了也……"

有时候，演员通过形体动作可以表现出特定的时间。在《三岔口》中，戏剧家就是在灯火通明的舞台上展示黑

夜中的行为。1951年,中国京剧院演员在东柏林第三届"世界青年与学生和平友谊联欢节"上表演《三岔口》的时候,主办方一看是表演"黑夜格斗"的戏,竟然将大部分的灯关了,舞台上只有两束追光打在演员身上。就是在这样的环境中,中国演员的演出仍然受到了观众的欢迎。进入决赛后,中国演员特意向主办方交代,中国京剧舞台上的时间是虚拟性的,这部戏的灯光越亮越好。结果,演员们凭借着出色的格斗功夫获得了一等奖。

中国戏剧这种说有就有的充满想象色彩的时空处理方法,极大地彰显了中国戏剧独特的美学魅力。

在戏剧表现方法上,西方戏剧是以语言为中心的艺术,中国戏剧是集说、歌、舞等于一体的综合性艺术。

话剧是西方戏剧的主要样式,是以语言表达为主体的艺术。演员借助于语言既可以交代故事发生的背景和推动情节的发展,也可以凸显人物的心理和性格。

莎士比亚的《哈姆雷特》中哈姆雷特那句台词——"生存或是毁灭,这是个问题",就是一句令无数人都感到震撼的话。是默默地忍受命运毒箭的伤害,还是勇敢地面对未知和不确定的未来,既是哈姆雷特的二难选择,也是当代许多人的二难选择。这一句台词,不仅深刻地揭示了哈姆雷特面临选择时的矛盾心理，而且揭示了作为整体的人类在面临选择时的矛盾心理。

与西方戏剧不同，中国戏曲的各个剧种，都包含着唱、念、做、打等要素。中国戏曲中的"戏"涉及的是舞蹈与动作，"曲"涉及的是歌唱部分。在《戏曲考源》中，王国维对戏曲的定义是"以歌舞演故事"。歌唱与舞蹈在中国戏曲中占有非常重要的地位。

中国著名戏剧理论家齐如山对歌唱之于戏剧的重要意义同样给予了高度评价。在《国剧要略》里，他说："议论中国戏，必须得分两个部分，一是剧本的编法，一是戏剧的演法。因为国剧是除表演故事外，兼以歌舞并重，这与写实剧是大不同的。因为写实剧，如果能把原剧本的词句念到好处，并表演到好处，便算上乘，他的演法是与剧本离不开的，剧本编得好，固然也可以演不好，但剧本倘编得不好，他无论如何也不会演好。国剧即不是这种情形，剧本编多好，也可以演不好，编多坏也可以演得好。……剧本不好而能演好这一层，在西洋是不会有的……国剧则除演故事之外，以歌舞为重，虽然剧本不好，而能歌得好或舞得好，便都能受大多数人的欢迎。"

齐如山的意思是，与西方话剧相比，中国戏剧对演员

中国语言文学是什么

的要求更高。西方话剧演员大都是剧本人物的复制品，而中国戏剧演员大都是剧本人物的阐释者。西方话剧演员只需要记住台词并将它很好地表达出来就是好演员，而中国戏剧演员只有同时具备良好的语言、演唱、武打、舞蹈能力才能算一个好演员。

▶▶ 最诗性、最优美的语言文字：中国语言文字的特点

汉字的神奇性，获得了美国著名政治家基辛格的称赞。在《论中国》一书中，他说："在距今 3 000 多年的商代中国有书写文字时，古埃及正处于鼎盛时期，希腊辉煌的城邦尚未兴起。罗马帝国的建立还是 1 000 年以后的事。而今天有 10 多亿人仍在使用直接从商代延续下来的书写体系，今天的中国人可以看懂孔子时代的碑文。"

是的，当古埃及的象形文字、古巴比伦的楔形文字、印第安人的玛雅文字在滚滚的历史长河中难寻踪迹时，汉字却神奇地存留了下来。

这不能不说是人类文明史上的一大奇迹。

几千年来，中华文化得以传承和发展，作为文化载体的汉字起着非常重要的作用。可以说，汉字就是中华文化的魂之所在。

那么，汉字为什么具有这样突出的作用？它又为什么具有这样强大的生命力呢？

这里，我们就不能不谈谈汉字固有的特点了。

➡➡ 形象性：以辨鸟兽之迹的象形法则构造而成

汉字的第一大特点，就是它的形象性。

意大利学者维柯被誉为现代第一位历史哲学家，其中的一个非常重要的原因就是他出版了《新科学》。

在这本书中，维柯认为，人类原初的本源性语言是个性化、诗意化的，抽象化、工具化、技术化的语言损害了这种个性化、诗意化。要消除这种负面影响，人们就必须恢复语言的诗意化。

去哪里寻找这种诗意化的语言文字呢？著名美国汉学家费诺罗萨认为，中国语言文字就是这样一种真正能给人提供"诗意地栖居"的语言文字。

在《作为诗歌媒介的中国书写文字》中，费诺罗萨对保留了人类早期诗性的汉语言文字推崇备至。

他说：中国文字不独能摄取自然界之诗的实质，另造一隐喻之世界，且以其象形之昭显，用能保持其原来富于创造力之诗素，其气魄之富，栩栩欲活，远非一切音标文

字所能及焉。

确实，正像费诺罗萨等著名西方学者所说，与作为表音体系文字的英语不同，汉字属于表意体系的文字。而作为表意体系的汉字，它又是以象形作为重要基础的。因而，较之英语等西方文字，它具有更为强烈的可视性和直观性。

在《汉字树》中，著名学者饶宗颐先生说："汉字源于图画，始终一脉相承，没有间断；文字主要还是表意，辅以声符表音，尽管后来字形有繁简多样化的演变，仅是形貌上的小差异，本质毫无改易，绝对不是质变。"

如果说以表音为主的西方语言文字"不直面事情本身"，以声音作为中介物对自然万物进行命名，作为语言的附属物的文字不过是对语音的摹写，那么，以表意为主的汉字就往往"直面事情本身"，以直观、形象化的方式对自然万物进行命名。

"象形者，画成其物，随体诘诎，日月是也。"（《说文解字》）汉字中的象形字，是中国古人"观象取物""法象造字"的产物。

如"山、木、田、水"等象形字，它们的字形就与指称对象非常相似，字体就像栩栩如生的写真和剪纸画。我们

44

看到这些汉字,马上会直接联想到语言符号所表示的具体事物。

当然,象形字的功能并不停留在对事物外形进行直观描摹之上,它还可以借助形象的方式揭示事物深层的文化含义。

《周易·系辞》中对"象"的解释是:"是故夫象,圣人有以见天下之赜,而拟诸其形容,像其物宜,是故谓之象。"这里的"象",就是能寄寓或呈现"意"的"象"。

所谓的"立象以尽意",强调的就是如何以"象"来表达不可言传之"意"的重要性。

我们来看看中国古人创造的"日"这个象形字。如果圆圈是古人比照事物,用比较简单的线条对太阳形状的摹写,那么,商代金文和周代金文中圆圈中的一点或一画,就表达了古人的一种"意"。正是这一点或一画,使这个圆圈与太阳联系在一起。这一点与一画也许表示太阳蕴含着的光芒,也许表示太阳散发的光芒。而这种"立象以尽意"的方法,恰恰表现了古人的智慧。

随着社会的进步和现代印刷技术的不断发展,中国古人这种"立象以尽意"的独特智慧日趋受到人们的重视。

在《语言观念必须革新——重新认识汉语的审美与诗意价值》中，现当代著名诗人郑敏认为，正是这种与西方语言文字不同处理事物的方式，使得汉字较之西方语言文字拥有更为强烈的视觉艺术的造型美，也更有利于传达与接受知识。

她说："拼音文字的组成部分是全抽象的符号字母，它们只能唤起接受者对于对象的抽象概念的记忆，而后联想到该事物的感性质地，所以通过拼音文字并不能直接达到对该物体的感性认识，而汉字的象形（形）、指事（状态）和智（会意）不须通过抽象概念可直接传达对象的感性和智性质地。显然，拼音文字在传达与接受知识方面不如汉文字。"

与西方抽象的拼音文字相比，注重"立象以尽意"的汉字的特质使其更适合作为诗歌表达的媒介。深谙这个道理，许多现当代诗人在他们的诗中利用汉字的象形性，极力凸显了汉字只需要呈现不需要说明的美丽和奇妙。

陈黎的《战争交响曲》就是一首典型的"立象以尽意"的诗歌。

关于战争，《伊利亚特》《伊戈尔远征记》《十字军骑士》等西方文学作品，都以极长的篇幅表现过它的惨烈、哀伤。但上述作品的战争叙事往往是在逻辑、时间中展开，而陈黎《战争交响曲》的战争叙事更多的是在视觉、直觉、空间中展开。

这首诗围绕着"兵"字的演变来写。随着"兵"这一符号能指的不断流动，它相继演变为"乒""乓""丘"等字。而诗歌的意义，也随着符号能指的不断变化而变化。诗歌第一节十六行，每行二十四个字的"兵"，在视觉上极力渲染了一种大军浩浩荡荡出征的威武雄壮的阵容。诗歌第二节构成的主体由"兵"演变为"乒"和"乓"，一方面突出了双方短兵相接时的音响效果，另一方面也展现了士兵们或者被砍伤了左腿，或者被砍伤了右腿的惨烈的战斗场景。诗歌第三节的主体由"乒"和"乓"演变为"丘"字，先是在视觉上给人以重大的刺激。成千上万的士兵，转眼之间都化作了堆积如山的尸体，这不能不让人从心理上对惨无人道的战争充满厌恶。

随着社会的发展，我们发现，象形性符号在我们生活中的用处越来越大。我们运输玻璃容器的时候，只需要在包装箱上画上一个玻璃酒杯，就表示里面的东西不能摔碰和倒置。公路上的指示牌子上面画一辆自行车，表示这是非机动车辆行驶的车道，机动车不能在这里行驶。

从这个方面来看，汉字既是一种古老美丽的文字，也是一种适合于现代社会发展的先进的文字。

➡➡ 象征性：以形象或符号表示某种特殊意义

汉字属于表意文字体系，每个汉字都有自己独特的内涵和魅力，属于一种有意味的存在。

西方解构主义大师雅克·德里达不遗余力地拆解、消解西方传统的逻各斯中心主义认知结构和模式。他认为，西方语音中心主义提倡者关于文字掩盖意义的观点是不可靠的。汉字就是一种把外在的物质形态和内在的精神观念熔铸在一起的充满意义的符号。

在《论文字学》中，他说："一个汉字简直可以称之为一个意象，它本身已经融合了人作为主体的感觉、体验和想象。"

如德里达所说，汉字意象的形成，确实得益于中国古人将浓重的主观意识与客观物象的结合。

而正是汉字的形与意之间这种密切的相辅相成的关系，使得每一个独立的汉字都浓缩了中国古人的情感、道德判断和价值观。从这个方面说，每一个独立的汉字，都具有一定的象征意味。

对于汉字的这种象征性特性，美国著名学者 W. 爱伯哈德在《中国文化象征词典》中有着非常精到的评述。他说:"让我们再强调一次,中国人是'爱用眼睛的人',对他们来说,每个字都是'象征'而不是声音,象征才是书写的基本功能。直到最近,中国的汉字还没有失去'象征'的作用……"

在《汉字文化学》中,中国著名语言学家何九盈先生将中国汉字区别于西方表音文字的这种象征性特性归结于汉字的特殊结构。他说:"汉字作为被感知的对象,它的构造机制、表达系统、表达方式,对认识论上的主体所产生的作用与流线型的拼音文字大不一样。"

与无意义的字母组合而成的表音文字不一样,汉字的形态一般是依据语意来建构的。在每一个汉字中,笔画构成部件,部件再构成字的整体。如果将整体的字再进行拆分,那么,拆分的部件,有的可以成为单独表意的字,有的可以成为具有一定意义的形符。例如,由"日""月"这两个部件构成"明"字,象征着光明。"明"字又可以拆分为"日""月"两个象形字,二者都与光亮有关。

在《论文字学》中,德里达引用著名哲学家莱布尼茨的话说道:"中国字也许更有哲学意味。它们似乎是建立在更为成熟的,诸如数、秩序、关系等的思考上面。"

作为著名哲学家，德里达、莱布尼茨对汉字饱含着哲学意味的肯定当然不是毫无根据的。在世界上的文字中，能够用最形象、生动的形式来表现最为抽象概念的，确实是汉字。

我们来看看中国古人用符号形式表达"善"这个抽象概念的方法。

什么是善呢？《说文解字》中说："善，吉也。从誩，从羊。"上面一只"羊"，下面两个"言"构成了"譱"字。在自然界中，羊自然是非常温顺、善良的，下面并列的两个"言"字，是说人人争说"羊"的这种美好的品性。这上下两个部件，共同凸显了"善"的吉祥美好的意义。

我们再来看看当代诗人萧萧在《空与有三款》诗中如何利用汉字线条和形态的特点来表现"空"与"有"这对佛教中最为根本概念的。

这里的"有"与"空"每一笔画都由双线构成,像大写美术字。"有"字双线的中间是虚空状态,而"空"字双线的中间则是充实、饱满的状态。于是,在中国传统文化课中花费几节课都难以讲清的"有"中有"空"、"空"中有"有"的对立统一问题,萧萧通过对"有"与"空"这两个汉字线条和形态的巧妙处理就基本上解决了。

《易传·系辞下》中说:"近取诸身,远取诸物。"除了经常以形象或符号表现抽象的事类或概念以外,中国古人也常常以形象或符号指代人、动物的动作、状态。

中国古人造字,一是为了认识、理解和表现天地方象,二是为了认识、理解和表现自身。他们以"近取诸身"的方法,创建了许多与人的行为、状态有关的字。

"从"这个汉字,是个会意字,由两个"人"字构成。《说文解字》中说:"从,相听也。从二人。凡从之属皆从从。"从字的结构上看,"从"由两个"人"字构成。一个人听从另一个人的话,跟随这个人朝着同一个方向行走,就是"从",所以,"从"的本义就是"相随、跟随、听从"。

我们再来看"北"这个汉字。"北"也是个会意字,《说文解字》中说:"北,乖也。从二人相背。凡北之属皆从北。"两个人背靠背面朝着不同的方向,就是"北"。"北"

中国语言文学是什么

的基本含义就是相互违背。

汉字由部件组成,组成字的部件拆分后又往往具有一定的含义,因而,汉字总是会极大地引发人们的联想与想象,使得人们根据汉字本身形式上的特点,对其字义进行分析和解释。

有一个流传很广的故事,说明了汉字任何一个部件的细微改动,都可能引发意义改动的事实。

在一个财主家里,父亲与儿子都是进士。这本来是件好事,但是,这个财主为富不仁,经常仗着进士身份欺负百姓。为了震慑周围的乡亲,他特意在家门口贴了一副对联来炫耀自己的身份地位:上联是"父进士子进士父子皆进士",下联是"婆夫人媳夫人婆媳都夫人"。

一个喜爱打抱不平的文人见了这副对联以后,对这个财主飞扬跋扈的作风非常不满。他灵机一动,在对联的几个字上改了几笔,然后扬长而去。

周围的人一看，对联上的"土"字下面的一横被拉长，变成了"土"字；"夫"字上面加了一撇，变成了"失"字；"人"字中间加了两道横线，变成了"夫"字。改过的上联为"父进土子进土父子皆进土"，改过的下联为"婆失夫媳失夫婆媳都失夫"。

这个文人仅仅改动了几个字中的笔画，对联的意义就发生了极大的逆转。汉字形体结构与表达意义关系的密切，由此可见一斑。

➡➡ 整体性：对事物的相互关系的辩证统一把握

一般人总觉得学习汉字的难度很大，对于学习汉字有利于大脑两半球均衡发展的优势认识不足。

根据心理学家对人脑认知文字机制的长期研究，大脑的左半球对英语、法语等拼音文字的认知非常准确，所以这些国家的学生大脑左半球的资源得到了极大的开发，但是大脑右半球的资源并没有获得充分的利用。而与之不同，学习汉字的时候需要大脑左半球与右半球的协同活动，因而，中国学生大脑的两个半球都得到了均衡发展，汉字也被称为重视整体性、均衡性的"复脑文字"。

大脑的左半球主管概念、数字、分析、逻辑，所以西方

人偏重逻辑思维，这在很大程度上促进了西方科学和理性的发展。但是，西方人概念化、逻辑化的认知方式存在着一定的问题。

在《生活的艺术》中，林语堂先生专门讲了一个故事，对西方这种注重对事物进行分门别类的逻辑思维方式的弊端进行了嘲讽：

一个皇朝被推翻了，有一位贵官收留了一个从御膳房中跑出来的宫女。他欣喜若狂，向亲朋好友大发帖子，邀请他们来他家品尝宫廷菜。当众人兴致勃勃赶来的时候，这个御膳房中跑出来的宫女却仍然坐在那里一动不动。这个贵官催她，她竟然说她不会做宫廷菜。

贵官大惊，御膳房的人不会做宫廷菜，怎么可能呢？宫女的回答是，在御膳房中，她不属于做菜那一组，而属于做饼那一组。贵官有点失望。不过，他灵机一动，让来的亲朋好友吃上御饼，那也是一件很有面子的事。于是他让宫女给每个亲朋好友做个御饼。

宫女的回答让他暴跳如雷。宫女说，她也不会做御饼，因为她是做饼这一组中负责切葱的。

与西方逻辑思维存在着"只见树木不见森林"的问题不同，中国的整体性思维从来不会脱离整体去谈部分，也不会脱离部分去谈整体。在中国人的整体性思维中,部分是整体中的部分,整体则是由部分构成的。整体的变化会带来整体中的每个部分的变化,整体中每个部分的变化也会带来整体的变化。

所以,中国人的思维方式强调的是不同事物之间的既相互对立又趋于统一的关系。

汉字,就很好地体现了中国人这种重视事物关系性的整体性思维。

从汉字的形态看,汉字是讲究整齐美的。

汉字的笔画,是由横与竖、撇与捺、提与钩等对立统一元素构成的。

从外形上看,与拼音文字的线性形态不同,汉字呈现出方方正正的形态,所以我们经常说"堂堂正正中国人,书写的自然是方方正正的汉字"。拼音文字只能按照从左到右的方向书写。它要改变词的意义,就必须通过在横向上增加字母来实现,这导致它的文字极为冗长。而汉字要改变字的意义,可以通过在左右、上下等不同方向增加部件来实现。这就使得,与拼音文字相比,汉字往往能够在较小的空间中表达较多的意义。

在《诗的格律》中，闻一多先生对中西方文字在字形上的特点进行了比较。他说："因为我们的文字是象形的，我们中国人鉴赏文艺的时候，至少有一半的印象是要靠眼睛来传达的。原来文学本是占时间又占空间的一种艺术。既然占了空间，却又不能在视觉上引起一种具体的印象——这是欧洲文字的一个缺憾。我们的文字有了引起这种印象的可能，如果我们不去利用它，真是可惜了。"

闻一多先生在这里谈到的中国汉字较之西方表音文字具有更强的视觉表现力的问题，实际上也与中国汉字在结构上注重整体性美感不无关系。

从结构上看，汉字的整齐美主要表现为讲究均衡、对称。

在西方文化"天人二分"哲学观的影响下，西方人在思维上爱走极端。英国著名科学史学家李约瑟在《四海之内：东方和西方的对话》中说："从欧洲思想史肇始之时起，欧洲人的世界观就不断地从一个极端走向另一个极端，从来没有能够综合起来。一方面，有上帝，以及天使、神鬼、造物主、生命原始等超自然主义的观点；另一方面，则有原子和无限的宇宙空间。神学的唯心主义和机械的唯物主义两者之间进行着永恒的斗争。"

而与之相反,中国文化是非常注重中正平和的。《论语》中说:"中庸之为德也。"《道德经》中说:"多言数穷,不如守中。"《大智度论》中说:"常是一边,断是一边,离是两边行中道。"儒、道、佛都拒斥极端,讲究中正平和。

这种中正平和思想在汉字上的体现,就是汉字在构形上非常注重结构上的平衡。

中国古人非常注重汉字左右的对称平衡。

像丰、车、十、中、申、田等汉字,就都属于有中心轴的对称汉字。这些字中心轴两侧的笔画基本相同,形态相似。我们如果沿中心轴对折,对折的部分会基本重合在一起。"车"这个字,甲骨文中是一辆车子的图形,中间是车子的厢体,左右两边各有一个轮子。"田"是一个象形字,左右、上下都对称,三横三纵的线条画出对称的田地。可以说,这些汉字左右两侧的互相对称或相互重合,极大地突出了汉字整齐、协调的形式美。

中国古人也非常注重汉字上下的对称平衡,像口、目、日、工、王、炎等字就都是这种字。

　　"炎"这个字，由上下两个火字组成，表示"火"上加"火"，有大火燃烧得非常凶猛的意思。"王"这个字，上、中、下都是一横，中间一竖，三横指涉着天、地与人，一竖代表着天、地、人的贯通。它暗示的是，参通天、地、人的人才能成为万民之主。这种上下彼此映衬的结构极大地彰显了汉字的意义，显现了中国古人强调部件之间相生相谐的整体意识。

　　其实，中国古人对汉字整体美的追求，并不是一个静态的过程，而是一种动态的过程。在汉字的发展过程中，为了让汉字结构更加对称、平衡，中国古人经常会对原来的字体部件进行增加或减省。

　　"示"在甲骨文中先是以与古人祭祀用的祭台非常相似的形式出现，接着又以一横一竖的线条形式出现，到了金文的时期，下面的一竖成为像"小"字一样的支架，这就使得字体结构更加匀称。

　　"星"这个形声字，在金文中是用三个日来指代天上不可胜数的星星。但是，三个日显然属于重复的构件。因而，在楷书简体中，人们将三个日减为了一个日。这既合乎文字书写趋于简化的趋势，也使这个字的形态结构更为均衡。

当然，对汉字形体部件的增加或者删减都要遵循字形的规整化原则去进行，切不可随意而为，否则，就会闹出笑话。

当然，也不是所有不按照字形的规整化原则去增删字体部件的事都会成为笑话。

最为典型的例子是山东曲阜孔府大门前的一副对联中的"富"与"章"字笔画的增删。

这副对联的上联是"与国咸休安富尊荣公府第"，下联是"同天并老文章道德圣人家"。但是，人们仔细一看，会发现上联中的"富"字的宝盖头上面少了一点，下联中"章"字下面的一竖直接通到了"日"字里面。

这显然不合乎汉字的书写规范。据说，这副对联是明朝内阁首辅大臣李东阳所撰，清代礼部尚书纪晓岚书写。这两个都是学富五车的人，这么写实际上别有深意。"富"字不出头，寄寓着"富贵无顶"的意思；"章"字下一竖插入"日"中，寄寓着"文章通天"的意思。

可见，汉字部件上的任何变动，无不体现着中国古人对不同事物之间对立统一规律的认识。

▶▶ **中国语言学家、文学家的特殊禀赋**

谈到文人，我们常会联想到浪漫、神奇、多情等词。

在古希腊，诗人被看成"通神者"。在《伊安篇》中，柏拉图说："凡是高明的诗人，无论在史诗或抒情诗方面，都不是凭技艺来做成他们的优美的诗歌，而是因为他们得到灵感，有神力凭附着。"

中国古人谈及作家突然爆发的巨大创造力，一般用"神思""妙悟"等词来表述。南朝梁萧子显在《南齐书·文学传论》中说："属文之道，事出神思，感召无象，变化不穷。"宋朝严羽在《沧浪诗话·诗辨》中说："大抵禅道唯在妙悟，诗道亦在妙悟。"

《毛诗序》中说："诗者，志之所之也，在心为志，发言为诗。情动于中而形于言。言之不足，故嗟叹之，嗟叹之不足，故永歌之；永歌之不足，不知手之舞之足之蹈之也。"这里的"嗟叹之不足，故永歌之；永歌之不足，不知手之舞之足之蹈之也"，是诗人浪漫、多情的表现。

纵览中外文学史，我们总会发现许许多多勇于开拓、豪迈旷达、本真率直的文人。西方的歌德、卢梭、雨果、拜伦、雪莱，中国的屈原、嵇康、阮籍、陶渊明、李白，他们围绕着生命、历史、宇宙等进行了顽强而又充满炽热理想主义情怀的追问。

➡➡ 创造性：厚积薄发中的灵感或妙悟

柏拉图将诗人爆发的巨大创造性能力称为灵感的闪现。他认为诗人获得灵感的过程是进入了一种"迷狂"的状态。在《伊安篇》中，他说："因为诗人是一种轻飘的长着羽翼的神明的东西，不得到灵感，不失去平常理智而陷入迷狂，就没有能力创造，就不能作诗或代神说话。"

柏拉图的灵感说虽然揭示了灵感所具有的巨大创造性特点，但是带有很强的神秘主义色彩。

其实，文人灵感的出现与其说来自神的恩赐，不如说来自文人长期的知识积累和外在环境的刺激。

从这个角度看，中国古人的观点更为周全、辩证。他们将文人爆发的巨大的创造性能力归结于文人各方面知识的积累。宋代吴可在《学诗》中写道："学诗浑似学参禅，竹榻蒲团不计年。直待自家都了得，等闲拈出便超然。"在《占毕丛谈》中，清朝袁守定说："文章之道，遭际兴会，摅发性灵，生于临文之顷者也。然须平日餐经馈史，

中国语言文学是什么

霍然有怀，对景感物，旷然有会。"

可见，灵感或妙悟的闪现，看起来是瞬间的事情，但事实上，"梅花香自苦寒来"，它是文人经过长期积累获取的。

那么，文人的这种灵感或妙悟有什么特点呢？或者说，文人巨大的创造性能力爆发时的特点是什么呢？

它具有突发性的特点。

它是黑云翻滚的深夜中的一道闪电，是刺进伸手不见五指的岩洞中的一线阳光，是岑参的"忽如一夜春风来，千树万树梨花开"（《白雪歌送武判官归京》），是辛弃疾的"众里寻他千百度，蓦然回首，那人却在，灯火阑珊处"（《青玉案·元夕》）。

在《我的作诗的经过》中，郭沫若先生曾经谈到他在日本留学时灵感突然降临的事情。有一天，他正在福冈图书馆看书，突然，灵感不招而至，他兴奋地跑出图书馆，脱掉木屐，时而赤着脚在石子路上走来走去，时而躺在地上与大地亲昵、拥抱——一首《地球，我的母亲》，就这样诞生了。

地球，我的母亲(节选)

郭沫若

地球，我的母亲！

天已黎明了，

你把你怀中的儿来摇醒，

我现在正在你背上匍行。

地球，我的母亲！

你背负着我在这乐园中逍遥。

你还在那海洋里面，

奏出些音乐来，安慰我的灵魂。

地球，我的母亲！

我过去，现在，未来，

食的是你，衣的是你，住的是你，

我要怎么样才能够报答你的深恩？

地球，我的母亲！

从今后我不愿常在家中居处，

我要常在这开旷的空气里面，

对于你，表示我的孝心。

地球，我的母亲！

我羡慕的是你的孝子，

那田地里的农人，

他们是全人类的保姆，

你是时常地爱顾他们。

……

在《忆向阳·序》中，诗人臧克家也谈到过被灵感突然袭击的事情。他说："诗思一来，怕它跑了，赶紧披起上衣，扭亮台灯……我有两句诗描绘这种情况：'诗情不似潮有信，夜半灯花几度红。'"

从表面上看，灵感的这种突然降临显得非常神秘，实际上，这不过是人的思维由量变到质变的体现。在现实社会，我们同样可以看到许许多多这样由量变到质变的事物，就好像沉寂了许多年的火山爆发及水达到一定温度开始沸腾等。

它也具有瞬间性的特点。

它是瞬间灿烂又消逝的昙花，是划破寂静夜空的流星，是苏轼在《文与可画筼筜谷偃竹记》中所说的"如兔起鹘落，少纵则逝矣"，是陆游在《文章》中所说的"文章本天成，妙手偶得之"。

郑板桥是"扬州八怪"的代表性人物,他的诗、书、画被称为"三绝"。

据说,他在书法扬名天下之前,也苦恼过。一天晚上睡觉时,他用手比画着练字,写着写着,手指划到了妻子身上。妻子对他说:"你有你的体,我有我的体,你老在人家的体上练什么?"老婆的话如电光石火一般照亮他的心灵,他顿悟到:一味地模仿别人的字体,终究不能成为大家。于是,经过艰苦的探寻,他终于创造出了独特的"乱石铺街体"。

清朝画家高其佩因梦创建了自成一体的"指画"的故事同样令人称奇。

据他的后人高秉在《指头画说》中所写,高其佩一直想创立自己的绘画风格,但久久找不到办法。有一天,他练习绘画累了,就躺在床上睡了。在梦中,一个老人将他带到一间四面墙上挂满画的土屋子里。他想作画,但屋子里没有任何作画工具,只有一个装满水的盆子,他只好用手指蘸着水模仿着墙上的画作画。梦醒之后,他根据在梦中所看到的画创建了独具一格的指画。

梦幻带来创造性的发现似乎具有非常强的非理性色彩,但是,瞬间的灵光一闪或顿悟往往与作家长期的"日

有所思"有关。灵感或顿悟只会光顾"有准备的理性头脑"。高其佩在他的印章上所刻的"画从梦授，梦自心成"几个字，就很好地诠释了瞬间的灵光一闪与长期的积累的辩证关系。

它还具有非自觉性的特点。

它是脱缰的野马、自燃的树木，是李贽在《焚书·杂说》中所说的"发狂大叫，流涕恸哭，不能自止"，是巴金所说的那种热情在身体内不断地燃烧。

在《文学生活五十年》中，巴金写道："每天每夜热情在我的身体内燃烧起来，好像一根鞭子在抽我的心，眼前是无数惨痛的图画，大多数人的受苦和我自己的受苦，它们使我的手颤动。我不停地写着。环境永远是这样单调：在一间空敞的屋子里，面前是堆满书报和稿纸的方桌，旁边是那几扇送阳光进来的玻璃窗，还有一张破旧的沙发和两个小圆凳。我的手不能制止地迅速在纸上移动，似乎许多许多人都借着我的手来倾诉他们的痛苦。我忘了自己，忘了周围的一切。我变成了一架写作的机器。我时而蹲在椅子上，时而把头俯在方桌上，或者又站起来到沙发前面坐下激动地写字。我就这样地写完我的长篇小说《家》和其他的中篇小说。"

而郭沫若写作《凤凰涅槃》时被灵感袭击的过程就像在"打摆子"。当天上午,郭沫若在教室听课的时候,突然诗兴大发,就在本子上东鳞西爪地写了诗的前半部。晚上将睡未睡的时候,灵感再次来袭,郭沫若只觉得自己全身发寒发冷,牙关也在打战。在这种"神经性"的发作中,他写出了著名的《凤凰涅槃》。

凤凰涅槃（节选）

郭沫若

除夕将近的空中,
飞来飞去的一对凤凰,
唱着哀哀的歌声飞去,
衔着枝枝的香木飞来,
飞来在丹穴山上。

山右有枯槁了的梧桐,
山左有消歇了的醴泉,
山前有浩茫茫的大海,
山后有阴莽莽的平原,
山上是寒风凛冽的冰天。

天色昏黄了，
香木集高了，
凤已飞倦了，
凰已飞倦了，
他们的死期将近了。

凤啄香木，
一星星的火点迸飞。
凰扇火星，
一缕缕的香烟上腾。

凤又啄，
凰又扇，
山上的香烟弥散，
山上的火光弥满。

夜色已深了，
香木已燃了，
凤已啄倦了，
凰已扇倦了，
他们的死期已近了。

啊啊！

哀哀的凤凰！

凤起舞，低昂！

凰唱歌，悲壮！

凤又舞，

凰又唱，

一群的凡鸟，

自天外飞来观葬。

……

无论是巴金"热情在我的身体内燃烧起来"，还是郭沫若"全身发寒发冷"，都是不受意识控制的状态。

那么，在非自觉的迷狂状态中推动巴金、郭沫若创作的力量究竟来自何处？有人认为来自"天启"，有人认为来自"神助"。而事实上，那只不过是潜意识的猛兽趁着理性松弛的机会在文学的世界自由驰骋。

可见，文人在创作过程中出现豁然贯通、灵光一闪、不能自已的状态，既不是完全随意、偶然、非理性的，也不是完全随机、必然、理性的，而是随意与随机、偶然与必然、潜意识与意识因素相互作用的产物。

➡➡ 反抗性：对道德、权威的轻视与超越

在《狂人日记》中，鲁迅借"狂人"之口，提出了一个惊世骇俗的问题：

"从来如此，便对么？"

这是一个划时代的质问。它对传统的礼教、权威等表示了极大的轻视与否定。

在《美学》中，西方哲学家黑格尔认为，东方文化中缺乏"主体个人的独立自由"。在《历史哲学》中，他甚至认为东方社会除了统治者以外，其他人都是没有自由的。在他看来，东方人就像孩童一样，"只一味服从父母，没有自己的意志或者识见"。

但是，除了"狂人"这样的虚构人物，中国历史上真的像黑格尔所说的那样，缺乏拥有个人的独立思想和意志、勇于反抗的人吗？

历史告诉我们，这样的人数不胜数。

庄子、屈原、嵇康、阮籍、刘伶、陶渊明、李白、苏轼……这许许多多的中国文人，哪一个像黑格尔所说的那样缺乏个人的识见，没有个人的意志？哪一个又像黑格尔所说的那样只懂服从，没有自己的判断力？

在中国封建社会中，人与人的关系本质上是一种伦理关系。所谓的"三纲五常"构成了做人的道德标准。孟子说，"父子有亲，君臣有义，夫妇有别，长幼有序，朋友有信"（《孟子·滕文公上》），强调的就是社会成员在社会生活中基于不同身份应该担负的责任。

这种重视人伦关系的道德，确实对家庭的稳定和社会良性运行有着非常重要的作用。但是，在传统社会中，中国家庭伦理规范中的"君义臣忠""父慈子孝""夫义妇顺"常常演变为对"臣忠""子孝""妇顺"单方面的强调，这极大地压抑了个体意志和自由。

对于这种将人伦秩序推向极致化的道德规范，中国古代文人进行了激烈的反抗。

据《后汉书·孔融传》记载，孔融这个儒家始祖孔子的二十世孙，竟然对好友祢衡这样说道："父之于子，当有何亲？论其本意，实为情欲发耳。子之于母，亦复奚为？譬如寄物瓶中，出则离矣。"这样的话，不用说在当时属于大逆不道的言论，就是放在今天也是惊世骇俗之论。

以狂狷的姿态触犯传统道德规范的还有阮籍。

《晋书·阮籍传》中对阮籍的评价是"其外坦荡而内淳至"。这里的"坦荡"，就是任性而为。

阮籍任性而为到什么程度呢？

据《晋书·阮籍传》记载，有一天，大家在一起议论社会上发生的儿子弑母事件。阮籍说道："嘻！杀父乃可，至杀母乎！"举座皆惊。执政者司马昭气势汹汹地质问阮籍："杀父，天下之极恶，而以为可乎？"司马昭标榜"以孝治天下"，这样的质问，当然是想陷阮籍于不义之境。没想到，阮籍机智地回答道："禽兽知母而不知父，杀父，禽兽之类也。杀母，禽兽之不若！"

以言论触犯传统道德规范，当然不是阮籍等人的目的。他们的目的是超越不合理的道德规范，寻求个性的解放和人性的自由。

"刚烈"的嵇康，对打着"以孝治天下"的幌子诛灭异己的司马氏集团极为厌恶。

在《释私论》中，他公开提出超越名教的束缚，解放人的本性的主张。他说："矜尚不存乎心，故能越名教而任自然；情不系于所欲，故能审贵贱而通物情。物情顺通，故大道无违；越名任心，故是非无措也。"

在"越名教而任自然"的实践方面，嵇康的好友阮籍的表现同样非常突出。

一天，他正在与人下棋，有人告诉他，他的母亲去世了。对手请求他停止下棋，他不答应。一直到决出胜负之后，他才停止下棋。接着他饮了两斗酒，大哭了一声，吐很多血。等到母亲将要安葬的时候，他吃了一只蒸熟的小猪，又喝了两斗酒，然后到灵柩前向母亲告别，又大哭了一声，吐了很多血。因为哀伤过度，他形销骨立，几乎没命。

　　可见，阮籍等人并不是在根本上反对儒家的伦理道德，他们反对的是司马氏集团那种挂羊头卖狗肉的假道德。他们也不是要完全否定孝道，而是希望孝道来自人的真实的精神需求。

　　他们也反对权威，是权威的轻蔑者和挑战者。

　　庄子就是这样一个不把权力放在眼中的人。

　　据《史记·老子韩非列传》记载，楚威王听说庄子是个贤能之士，就想请他来楚国做宰相。做宰相，这是多少人梦寐以求的事。但是，当楚国的使者带着丰厚的礼物来迎接庄子的时候，他竟然对唾手可得的权力断然拒绝。他说："千金，重利；卿相，尊位也；子独不见郊祭之牺牛乎？养食之数岁，衣以文绣，以入大庙。当是之时，虽欲为孤豚，岂可得乎？子亟去，无污我。我宁游戏污渎之中

中国语言文学是什么

以自快，无为有国者所羁，终身不仕以快吾志焉。"既不爱钱，也不爱权，庄子可以说是真正的贫贱不能移、威武不能屈。

东汉的严子陵也是一个为个性自由而拒绝唾手可得的权力的人。

《后汉书·卷八十三·逸民列传第七十三》记载，严子陵与光武帝刘秀是同窗好友。刘秀做了皇帝后，严子陵不是像一般人那样仗着与刘秀非同寻常的关系谋取官职，而是生怕刘秀找他去做官。于是，他隐姓埋名，在山林中过着隐居生活。刘秀思贤若渴，让人拿着他的画像四处寻找他。花了很长时间找到他后，刘秀派人带着厚礼去请他。刘秀一连请了三次，严子陵实在推托不过去，才来到京城洛阳。

刘秀去看严子陵，严子陵竟然睡在床上一动不动。这要是换一个皇帝，严子陵的命早就没有了。好在刘秀是一位仁义之君，他深知严子陵我行我素的个性。他亲切地摸着严子陵的腹部说："咄咄子陵，不可相助为理邪？"严子陵闭着眼睛不回答，过了很久，才睁开眼睛对刘秀说："昔唐尧著德，巢父洗耳。士故有志，何至相迫乎！"看看，皇帝几次三番请他去做大官，这是多少人求之不得的事,严子陵竟然说这是皇帝逼迫他做不想做的事情。这样的人,你能说他没有个人的独立思想和意志吗?

一般人认知和独立判断能力的丧失,一方面源于他对权威的恐惧,另一方面也源于他对权威可能会带给他利益的期待。所以,中国古代许多隐居者不过是做出一种姿态,隐逸是为出仕做的一种宣传。与这些人不同,庄子、严子陵等人之所以能看透权力的把戏,原因就在于他们既不为权威者施舍的利益所引诱,也不为权威者可怖的权力所屈服。

陶渊明之所以被后人推崇,一个很重要的原因,就在于他的归隐不是一种姿态和宣传,而是一种长期性的实践行为。

郡里一位督邮来彭泽巡视,要作为彭泽令的陶渊明束带迎接,以示敬意。陶渊明愤然道:"吾不能为五斗米折腰,拳拳事乡里小人邪!"他抛掉官帽,写下了《归去来兮辞》。

归去来兮辞(节选)

陶渊明

归去来兮,田园将芜胡不归!既自以心为形役,奚惆

怅而独悲？悟已往之不谏，知来者之可追。实迷途其未远，觉今是而昨非。舟遥遥以轻飏，风飘飘而吹衣。问征夫以前路，恨晨光之熹微。

……

归去来兮，请息交以绝游。世与我而相违，复驾言兮焉求？悦亲戚之情话，乐琴书以消忧。农人告余以春及，将有事于西畴。或命巾车，或棹孤舟。既窈窕以寻壑，亦崎岖而经丘。木欣欣以向荣，泉涓涓而始流。善万物之得时，感吾生之行休。

已矣乎！寓形宇内复几时？曷不委心任去留？胡为乎遑遑欲何之？富贵非吾愿，帝乡不可期。怀良辰以孤往，或植杖而耘耔。登东皋以舒啸，临清流而赋诗。聊乘化以归尽，乐夫天命复奚疑！

陶渊明大喊着"归去来兮，田园将芜胡不归"，归隐乡下，从此过上"舟遥遥以轻飏，风飘飘而吹衣"的自由自在的生活。

当然，疏远和冒犯权威的人，并不都会像陶渊明这样有着较好的结局。有时候，疏远和冒犯权威是需要付出生命代价的。

即使这样,也有人在所不惜。

嵇康就是这样的人。据《世说新语》记载,嵇康名动天下,魏国太傅钟繇的儿子钟会非常想与他结交。他写完《四本论》后,很想让嵇康看一下。但是,到了嵇康门口,他又心生忐忑,只得隔着门将书扔进去,然后急忙跑走。

钟会成为司马昭的红人后,带着一帮人跑到嵇康家里。嵇康与好友向秀正在树下打铁,看见权势熏天的钟会到来,嵇康视若无睹,许久都不说一句话。手握生杀大权的钟会觉得大跌面子,起身准备离去。没想到,一直不出声的嵇康冷冷地嘲弄道:"何所闻而来?何所见而去?"钟会气急败坏地回答道:"闻所闻而来,见所见而去。"钟会由此对嵇康怀恨在心。

在污浊横流的时代,真正对权威采取正面抗争的人毕竟不多。许多人为了生存,有时也不得不由隐而仕。嵇康的好朋友山涛就是这样的人。山涛是"竹林七贤"之一,官做大了后,他就想推荐自己的好朋友嵇康出来做官。

为了表明自己绝不屈身入仕的决心,嵇康写下了《与山巨源绝交书》。

中国语言文学是什么

与山巨源绝交书（节选）

嵇　康

……

有必不堪者七，甚不可者二：卧喜晚起，而当关呼之不置，一不堪也。抱琴行吟，弋钓草野，而吏卒守之，不得妄动，二不堪也。危坐一时，痹不得摇，性复多虱，把搔无已，而当裹以章服，揖拜上官，三不堪也。素不便书，又不喜作书，而人间多事，堆案盈几，不相酬答，则犯教伤义，欲自勉强，则不能久，四不堪也。不喜吊丧，而人道以此为重，已为未见恕者所怨，至欲见中伤者；虽瞿然自责，然性不可化，欲降心顺俗，则诡故不情，亦终不能获无咎无誉，如此，五不堪也。不喜俗人，而当与之共事，或宾客盈坐，鸣声聒耳，嚣尘臭处，千变百伎，在人目前，六不堪也。心不耐烦，而官事鞅掌，机务缠其心，世故烦其虑，七不堪也。又每非汤、武而薄周、孔，在人间不止，此事会显，世教所不容，此甚不可一也。刚肠疾恶，轻肆直言，遇事便发，此甚不可二也。以促中小心之性，统此九患，不有外难，当有内病，宁可久处人间邪？又闻道士遗言，饵术黄精，令人久寿，意甚信之；游山泽，观鱼鸟，心甚乐之。一行作吏，此事便废，安能舍其所乐而从其所惧哉？

……

在这封信中,嵇康详细列举了七个不堪为官的理由和两个不可为官的原因。大致意思是,他性格刚烈倔强,疾恶如仇,经常批判和攻击司马氏集团极为推崇的商汤、周武王、周公、孔子等圣人,所以不能做官;他性喜自由,对官场中的逢场作戏、钩心斗角极为厌恶,所以不能做官。

表面上看,嵇康是要与山涛绝交,而事实上,这是嵇康向世人公开宣示他不与司马氏集团合作的政治立场。

在司马氏集团与曹魏集团激烈斗争的时期,嵇康自然也成为司马氏集团的敌人,这也导致了他后来被杀的悲剧。

嵇康被杀的那一天,从容不迫地演奏着即将成为绝唱的《广陵散》。那一天后,世界没有了肉体的嵇康,但嵇康不畏强权、追求自由的精神耸立在历史的山巅中,为无数后人所景仰。

➡➡ 纯真性:人的原初性状态的敞开

在《悲观论集卷》中,哲学家叔本华说:"人生就是一团欲望,欲望得不到满足就痛苦,欲望得到满足就无聊,人生就像钟摆一样在痛苦与无聊之间摇摆。"

在《道德经》中，老子也说道："罪莫大于可欲，祸莫大于不知足，咎莫大于欲得。"

在道家看来，人性本来并不邪恶，只是随着社会的发展，人们的贪欲之心越来越强烈。老子认为，人们要想过上健康、快乐的生活，就应该"见素抱朴""少私寡欲"（《老子·十九章》），恢复到没有造作伪饰的自然本真状态。

这里的"自然"，就是"本始的样子"，指的是人的一种原初性状态。

在中国历史中，有许多文人是按照自然法则生活的。他们不拘小节、率性而为，是纯真的人。在《渔父》中，庄子说："真者，精诚之至也。不精不诚，不能动人。故强哭者虽悲不哀，强怒者虽严不威，强亲者虽笑不和。……礼者，世俗之所为也；真者，所以受于天也，自然不可易也。故圣人法天贵真，不拘于俗。"

"建安七子"之一的刘桢在曹丕举办的酒席上就做过与世俗反向而行的事。

据《世说新语·言语》记载，一天，曹丕宴请众多僚属在家欢聚饮酒，酒喝到高兴时，曹丕叫自己美丽非凡的夫人甄氏出来拜客。在座的客人都遵守敬上的礼仪，跪伏在席上不敢抬起头来看甄氏。只有不拘礼节的刘桢，毫无顾忌地抬起头来平视着甄氏。

曹操听说这件事情后，非常生气，罚刘桢去服劳役。一天，曹操去刘桢所在的劳役场所视察，看见刘桢坐得端端正正地在磨石头，就问他："石若何？"刘桢回答："石出荆山悬岩之巅，外有五色之章，内含卞氏之珍。磨之不加莹，雕之不增文，禀气坚贞，受之自然，顾其理枉屈纡绕而不得申。""禀气坚贞，受之自然，顾其理枉屈纡绕而不得申"，这是刘桢托石自喻，言明自己因坦荡、自然的性情而蒙受委屈的情况。曹操是何等聪明之人，自然明白他的意思，不禁大笑。当天刘桢就被释放了。

常人总是按照世俗的礼仪规范去说话做事，但像刘桢这类纯真的人往往会忠于内心，按照自己的真实意愿去说话做事。

王羲之儿子王徽之也是这样一个按照自己意愿率性而为的人。

《晋书·王徽之传》中说王徽之的特点是"性卓荦不羁"。据《世说新语·任诞》记载，王徽之住在山阴县的时候，有一天晚上，天上纷纷扬扬地下起了大雪。王徽之一

中国语言文学是什么

觉醒来,面对如诗一般的雪景,兴味盎然,他打开房门,一边喝着美酒,一边吟诵着左思的《招隐》诗。左思这首诗充满着对自然山水和隐居生活的赞美之情,王徽之不由得想起了住在剡县的隐士戴安道。戴安道与自己志趣相投,此景此情,岂能不与他共享?

王徽之想到什么就去做什么。尽管天色已晚,大雪纷飞,路途遥远,但是王徽之连夜乘小船往剡县的戴安道家赶去。船行驶了一夜,王徽之终于到了戴家门前,但非常奇怪的是,他竟然掉头而回。别人感到非常纳闷,询问其中的奥秘。他的回答是:"吾本乘兴而行,兴尽而返,何必见戴?"

好一个"乘兴而行,兴尽而返"! 无论是"乘兴而行",还是"兴尽而返",都没有任何实际的功利目的,只不过是王徽之顺应本性的率性而为。

纯真的人,也是不虚伪、不世故,具有童心、童趣的人。

什么是童心? 童心就是那种没有被外界事物污染的本初的心灵。童趣,就是天真、清纯、自然的情趣。

在《童心说》中,明代末期杰出思想家李贽写道:"夫童心者,真心也。若以童心为不可,是以真心为不可也。

夫童心者,绝假纯真,最初一念之本心也。若失却童心,便失却真心;失却真心,便失却真人。人而非真,全不复有初矣。童子者,人之初也;童心者,心之初也。夫心之初,曷可失也?"

在《论买东西》中,作家林语堂说:"人生在世,年事越长,心思计虑越繁,反乎自然的行为越多,而脸皮越厚。比起小孩子,总如少了一个什么说不出来的东西,少了一个'X'。就说求其放心吧,亡羊亡马可以求之,所亡的放心怎样求法,恐怕未必求得来。这是人生的神秘,也是人生的悲剧。"

具有童心、童趣的人,往往像儿童一样活泼调皮,不虚伪,不掩饰,童真可爱。童年,是我们每个人心灵的净土。它是鲁迅的百草园,也是萧红的后花园,更是我们每个人记忆中的乐园。它被保藏在每个人记忆的深处,永远纯真朴素,即便在人生路上经过风吹雨打,它还依然是我们心灵的慰藉和支柱,永恒地美丽。

实际上,许多文人都明白这个道理。所以,他们在生活中总是保持一种儿童般的天真烂漫之心,以孩子的眼光看待世界上的万事万物,善于在不同的人与事中发现一种乐趣。

钱钟书就是这样一个颇具童心和童趣的人。

中国语言文学是什么

在《记钱钟书与〈围城〉》中，杨绛记述了许多钱钟书的趣事。

在英国牛津大学留学期间，有时候钱钟书午睡，杨绛就临帖写字。写着写着睡意上来了，她就睡着了。钱钟书一见杨绛的睡态，童心大发，用毛笔蘸着墨汁，就想给杨绛画一个花脸。没想到，他刚开始在杨绛脸上展开他的工作，杨绛就醒了。虽然他的画脸工作没有完成，但"破坏性"非常强，杨绛的脸皮像宣纸一样吸墨性很强。为了洗掉脸上的墨痕，杨绛差一点把脸皮洗破了。

回国以后，幼小的女儿又成为钱钟书挥洒童心的对象。女儿临睡前，他会在女儿的被子里埋上种种"地雷"。这些"地雷"既可能是玩具、镜子、刷子，也可能是砚台、大把的毛笔。女儿睡着后，他就在她肚子上画上一个大大的脸。

汪曾祺也是一个颇具童心和童趣的人。在汪郎、汪明、汪朝的《老头儿汪曾祺》中，也记述了许多汪曾祺童心大发的事。

汪曾祺喜欢自己的小孙女，在他们家客厅，这一老一少经常在一起玩游戏。汪曾祺问小孙女："今天玩什么？"小孙女大声地说："梳小辫。"结果，令人大笑不止的场景出现了，汪曾祺稀疏的头发上被夹上了各种颜色的发卡。汪曾祺的儿子觉得这种游戏玩得有些过火，进行过干涉。但是，汪曾祺并不买账，大声地说："管得着吗？我们就喜欢这么玩。"

由于与汪曾祺关系非常好，所以，每当汪曾祺写完文章，小孙女就会大声地对他说："让我看看！"汪曾祺不仅不感到自己的尊严受到侵犯，反而毕恭毕敬地将文章递给小孙女，然后非常谦恭地问道："怎么样？"字都不认识几个的小孙女竟然一本正经地说："不怎么样！"

一个有童心、童趣的文人，即使他有一些缺点，他的心也是纯真的。这种纯真是爱，是宽容，是善良，它展现了人性中最为美丽和动人的品质。

▶▶ 中国语言文学的智慧和智慧的中国语言文学

在这个世界上，智慧是极为珍贵的东西。千百年来，人们都对拥有智慧的人充满崇敬之心。

那么，什么是智慧呢？

古今中外的哲人们对智慧进行了各种各样的阐释。

智慧是指一种明辨是非与善恶的道德理性。孔子

说："知者不惑。"(《论语·子罕》)荀子说得更为具体："是是、非非谓之知，非是、是非谓之愚。"(《荀子·修身》)智慧也是一种善于认识自我与他者的能力。荀子认为："知者知人，……知者自知。"(《荀子·子道》)智慧还是人的一种创造性的思维能力。

➡➡ 生活的智慧：像苏东坡等人那样将生活艺术化

那么，个人如何才能成为有智慧的人呢？

一般认为，哲学家是有智慧的人。在西文中，"哲学"一词是由"爱"和"智慧"两个词根组成的。哲学家似乎就是智者的同义词。

其实，在智慧方面，文学家也不亚于哲学家。

马克思对于文学家的智慧给予了非常高的评价。他认为，狄更斯、萨克雷等英国的"一批杰出的小说家在自己的卓越的、描写生动的书籍中向世界揭示的政治和社会真理，比一切职业政客、政论家和道德家加在一起所揭示的还要多"。在《致玛·哈克奈斯》中，恩格斯同样对文学家的智慧给予了高度肯定。他认为自己从巴尔扎克的小说中，"甚至在经济细节方面(如革命以后动产和不动产的重新分配)所学到的东西，也要比从当时所有职业的历史学家、经济学家和统计学家那里学到的全部东西还要多"。

正像马克思、恩格斯所说的一样，文学家往往是充满智慧的人。如果你想成为像巴尔扎克、狄更斯、萨克雷等那样具有智慧的人，那么，好好学习语言文学吧。

如果你想成为像陶渊明、苏东坡等那样具有智慧的人，那么，好好学习中国语言文学吧。

在《中国近事》中，欧洲伟大的科学家和思想家莱布尼茨就说："中国文字的基础却似乎是深刻的理性思考，同数字一样能够唤起事物的秩序与关系。"

中国语言文学可以像中国现代幽默大师林语堂先生在《生活的艺术》中所写的那样，让生活艺术化、艺术生活化。

中国语言文学大师在面对生活的不如意时往往能够看得开，以乐观的态度看待悲观的生活。

苏东坡就是林语堂先生所称的中国五千年来生活艺术大师之一。

苏东坡的人生之路一开始是非常顺利的。21岁，他就高中进士，其卓越的才华赢得了当时的文坛领袖欧阳

修的高度评价。宋仁宗也为苏东坡的才华所深深折服，称他有宰相之才。

然而，人生不如意之事十有八九。得意不过是苏东坡人生极短的插曲，而挫折、打击才是他人生的主调。北宋神宗熙宁二年（1069 年），参知政事王安石在神宗皇帝的支持下推行新法。苏东坡认为王安石"求治太急"，于是写了《王复秀才所居双桧二首》，借物抒发自己的情感。

王复秀才所居双桧二首

苏　轼

其一

吴王池馆遍重城，奇草幽花不记名。

青盖一归无觅处，只留双桧待升平。

其二

凛然相对敢相欺，直干凌空未要奇。

根到九泉无曲处，世间惟有蛰龙知。

御史中丞李定、舒亶等变法派官员大怒，诬陷这是反诗,将苏东坡打入大牢,想置他于死地。这就是历史上著名的"乌台诗案"(乌台即御史台)。

一般人被打入大牢,难免会万念俱灰,夜不成寐。宋神宗派了一个人去监视苏东坡,却发现苏东坡在狱中白天谈笑自如,晚上鼾声大作。于是,宋神宗认为苏东坡是问心无愧的,让人放了他。

大难不死的苏东坡被贬到湖北黄州。黄州当时是较为偏僻落后的地方,由于是犯官身份,苏东坡的生活状况极为窘困。但是,他没有沉沦,没有绝望。纵然生活千疮百孔,他依然笑看人生。

其他人在遭受重大挫折的时候食不甘味,而苏东坡却在黄州发明了名传千古的招牌菜"东坡肉"。与他的"东坡肉"一样名传千古的,还有他关于"东坡肉"的词——《猪肉颂》。

"净洗铛,少著水,柴头罨烟焰不起。待他自熟莫催他,火候足时他自美。黄州好猪肉,价贱如泥土。贵者不肯吃,贫者不解煮,早晨起来打两碗,饱得自家君莫管。"

后来苏东坡又被贬到了比黄州更为偏远、落后的惠州。

古代有一句谚语："船到郴州止，马到郴州死，人到郴州打摆子。"郴州尚且如此，郴州以南的惠州的生活环境就更恶劣了。人人都觉得苏东坡走向了物质与精神的绝境，但是，腹有诗书气自华的他仍然不管狂风暴雨的摧残，依旧笑看人生，苦中寻乐，在文学世界中找寻自己的精神寄托。

在《惠州一绝》一诗中，苏东坡写道："罗浮山下四时春，卢橘杨梅次第新。日啖荔枝三百颗，不辞长作岭南人。"他身陷绝境，却以睿智化绝境为乐境。

文学，既可以使文学大师超离现实之苦难，也可以使一般人化解生命困境，由精神防御走向精神升华。

➡➡ **情感的智慧：像张佩纶那样将不现实化为现实**

有一个流传很广的故事，说的是文学家和文学作品的情感智慧的魅力。

一个春寒料峭的早上，一个衣着破烂、蓬头垢面的乞丐在乞讨。尽管他的脖子上挂着"自幼失明"的牌子，但是被打动的人很少，他得到的施舍极少。

90

一个诗人从这里经过，看到这种情况后，拿过这个乞丐的牌子，用"春天来了，可是我却看不见它"的诗句代替了原来的话。

　　令人震惊的事情发生了，人们看到这句诗后，纷纷向这个乞丐伸出了援助之手。

　　诗人和他的诗句究竟具有什么样的魔力？为什么会让事情发生这样戏剧性的变化呢？

　　这是因为，诗人和他的诗句准确地认知了他人的情绪，实现了自我与他人情感的良好沟通和共振。乞丐个人的"自幼失明"虽然是一种伤痛，但这种伤痛并没有让人觉得他已经走入绝境。正如雪莱的诗所写的那样，"冬天来了，春天还会远吗？"只要一个人心中坚守着理想和信念，那么，他就会看到"春暖花开"的那一天。现在，"春天来了"，其他熬过冬天的人都能看见它，"可是我却看不见它"。一个连希望都没有的人是多么可悲、多么绝望啊！这种绝望当然会引发其他人深深的同情。

　　美国心理学家丹尼尔·戈尔曼在《情感智商》中说：这种善于认识、理解自己和他人的情感，实现自我与他人情感的良好沟通和共振的能力，就是人的情感智慧。

　　"诗以言情"，文学是借助于语言表现情感的艺术。

相对于其他学科，文学蕴含的情感智慧是最为充分的。在《文心雕龙》中，刘勰就说："昔诗人什篇，为情而造文；辞人赋颂，为文而造情。"创造社四大巨头之一的成仿吾在《诗之防御战》中也说："文艺的玩赏是感情与感情的融洽。"

翻开历史，我们会发现，许多文人以他们的文学作品促进了自己与他人的相互认知、相互理解，获得了生活的幸福。

张爱玲的祖父张佩纶与祖母李菊耦就是这样的人。

张佩纶 23 岁中举，次年登进士，后来升为侍讲学士及都察院侍讲署左副都御史。他是当时清流党的主要代表人物。清流党是清光绪年间主要由部分不掌实权的言官构成的政治派别。他们标榜风节，要求改革弊政，查办贪官污吏，因而获得了"清流党"之称。

张佩纶不畏强权，疾恶如仇。他不断上奏，弹劾户部尚书王文韶和直隶总督李鸿章。一时间，张佩纶的名气越来越大。

然而，正当张佩纶志得意满之时，危险也在向他悄悄逼近。1884 年，法国军队以越南为跳板，向中国发动了侵略战争。李鸿章等实权派主和，张佩纶等清流派主战。

对张佩纶等清流派积怨已久的军机大臣孙毓汶趁机上奏,请求将张佩纶等几位清流派的主将派到情势危急的前线任官。

战争以福建水师全军覆灭而告终。随后张佩纶被流放到东北。四年后,他回到北京。很快他前往天津,为李鸿章协办文书,掌握重要文件。进入李府不到半个月,他就与李鸿章的女儿李菊耦订了婚。

用一般人的眼光看,这样一个发配回来的人,就是一般的富家小姐也很难看上,更不用说大权在握的李鸿章的女儿了。其中,究竟有什么奥秘呢?

以影射、实事隐写见长的《孽海花》对此有非常生动的描述。有一天,李鸿章请张佩纶去商量公事。他一踏进李鸿章的书房,就觉得眼前一亮——屋内站着一个绝色佳人。美到何种程度呢?《孽海花》中说李菊耦是"眉长而略弯,目秀而不媚,鼻悬玉准,齿列贝编"。

张佩纶只觉有一支威力无比的爱神之箭射向自己的心灵,他的心跳加快,脉搏加速,头脑发晕。李鸿章笑着招手让他进来,告诉他,这是自己的女儿。李菊耦一看张佩纶那手足无措的样子,也顿时满脸绯红,羞答答地道

了个福后就转身进了里间。这个时候，张佩纶才回过神来，发现桌上放着李菊耦刚刚写好的咏叹中法基隆之战的七律诗。

基隆

其一

基隆南望泪潸潸，闻道元戎匹马还。

一战岂容轻大计，四边从此失天关。

焚车我自宽房琯，乘障谁教使狄山。

宵旰甘泉犹望捷，群公何以慰龙颜？

其二

痛哭陈词动圣明，长孺长揖傲公卿。

论材宰相笼中物，杀贼书生纸上兵。

宣室不妨留贾席，越台何事请终缨！

豸冠寂寞犀渠尽，功罪千秋付史评。

起首一句就是"基隆南望泪潸潸，闻道元戎匹马还"。

这不就是写中法战争吗？元戎就是主将、统帅呀，这元戎不是我张佩纶还是谁？接着看下去，又有"论材宰相笼中物，杀贼书生纸上兵"一句。这一句的意思是说张佩纶是有宰相之才的，只可惜这种才没有用在应该用的地方才导致了失败。最后一句竟是"功罪千秋付史评"。这一句的意思是说，虽然张佩纶现在遭受了许多磨难与攻击，但历史终究会对他的功罪给予公正评价的。看到这里，张佩纶激动无比。他心中有太多的冤屈、太多的伤痛，而茫茫人海中又有几人理解？而今天，踏破铁鞋无觅处，得来全不费工夫。理解自己的人，远在天边，近在眼前。人生得一知己足矣，只是在当时的张佩纶看来，那简直就是白日做梦。

他没想到的是，梦想可以成真。李鸿章请他为李菊耦介绍成亲的对象。张佩纶虽然不太懂打仗，但他懂爱情，岂止是懂，而且在爱情方面有超常的领悟力。他直接将自己推荐给了李鸿章。

张佩纶与李菊耦结婚后，过上了相敬如宾、琴瑟和鸣的幸福生活。张佩纶在婚后所写的《涧于日记》中，就常有"午后与内人论诗良久""雨中与菊耦闲谈"等记载。这说明，第一，文学确实是张佩纶与李菊耦的共同爱好；第

中国语言文学是什么

二,张佩纶与李菊耦确实是既能"相互了解",又能"相互懂得"的。

应该说,我们多阅读文学作品中体现情感智慧的故事,往往可以拓宽视野,丰富情感,提升情商素养。

中国语言文学学什么

博学之，审问之，慎思之，明辨之，笃行之。

——《礼记·中庸》

▶▶ 中国大学史上最早开设的专业之一：中国语言文学

➡➡ 学科设立：叩开汉语言文学的山门

近代，也就是晚清期间沿用"经史子集"这一中国传统文化的知识分类方式，经过反复的争论，参考西式教育制度，中国近代第一所国立大学京师大学堂设立了"文学科目"。

从此，汉语言文学成为普通高等学校本科的一门专业，系中国语言文学类专业，修业年限为四年，授予文学学士学位。

　　该专业主要学习汉语和中国文学等方面的基础知识，其主干学科为中国语言文学。学生接受有关理论、发展史、研究现状等方面的系统教育和业务能力的基础训练，学成之后，将拥有较高的文艺理论素养，以及系统的汉语言文学知识。毕业后可选择的工作较为广泛，诸如高等院校、科研部门、机关企事业单位，尤其是传媒，包括新媒体、报纸、杂志等纸传媒，电视广播，还有文化、宣传诸方面，这也包括秘书等文案工作。

　　当然，还有其他职业，也与这一专业分不开。

　　可以说，选择了汉语言文学专业，就好比选择了一座高耸入云、横亘万里的宝山。

　　中文系里有太多的专业，如同大山里有不同的攀缘而上的路径，时而有宽阔大道，时而有羊肠小道。山路崎岖，乱石横陈，固然有艰难，但路边杂树生花，绿叶扶疏，姹紫嫣红，令人沉醉。而目的地——山峰自是云雾缭绕，雄伟壮观，叫你意气风发、壮心不已。《孟子·尽心上》就有诗句云："孔子登东山而小鲁，登泰山而小天下。"

　　这便是登山的乐趣，更长你志气。只有一举登顶，你才会有杜甫《望岳》一诗中的豪气：会当凌绝顶，一览众山小。

登山的路上，有蜿蜒、曲折的小溪，有声如雷吼的瀑布，也有倏忽而来、倏忽而去的弥天大雾，更有滂沱大雨、雷电交加，这更让你激赏，使你奋发，催你一往无前。

有时大道如砥，有时曲径通幽……无论如何，既然选择了大山，你就只有永远向上，而每个山弯、每个路段、每个节点，说不定会有前人未探到的宝藏，从而丰富你的阅历，并且充实你的所获：可能是一块陨石、一株奇花异草，你永远不会空手而行。

那就负重而行吧，挖掘我们中华民族文化的宝藏！

如果以山门为例，那么，叩开中国语言文学的山门，就有两条并行的大道——一条是文学，一条是语言。也就是两大类，而后是众多的学科。中国语言文学的二级学科有八个，分别是：语言学及应用语言学、汉语言文字学、文艺学、中国古典文献学、中国古代文学、中国现当代文学、中国少数民族语言文学、比较文学与世界文学。

这些学科均有各自的佼佼者和带头人，就如被称为清华大学"终身校长"的梅贻琦所说过的："所谓大学者，非谓有大楼之谓也，有大师之谓也。"

也就是说，一所大学首先在于学科历史的深厚，师资人才的多少以及任期的长短。留得住名师，这所大学的

中国语言文学学什么

科目也就一同声名鹊起，可以吸引来自五湖四海的出色的学生。

➡➡ 大学者：非谓有大楼之谓也，有大师之谓也

自从有大学以来，名师很多，不薄古人爱今人，我们只能尽可能列入，不敢遗漏。当然，作为中国的传统，生不入传，少了一些纠纷，但生者还是要提到的，所以，已故者会提得多一些，因为他们是奠基者、先行者，未可轻慢。

首先，自然是文学方面。

在未有中文系之前，不少大学都设有国学，这是中文系的前身，当然，两者还是有些差别的，这是历史使然。早年的国学大师，也是文学大师。如王国维和他的代表作《人间词话》。他无疑是近代享有国际声誉的著名学者，1927 年，他自沉于昆明湖。大学者陈寅恪称之为"文化神州丧一身"，并在挽词中赞扬他"独立之精神，自由之思想"——这成为后人治学的格言。

再如鲁迅与郭沫若，他们都曾在大学任过教。鲁迅被誉为伟大的思想家、文学家，他的小说、杂文有不少被选入了中学课本，所以同学们都很熟悉他的《故乡》《阿 Q 正传》及众多的杂文。他逝世时，棺木覆盖的是"民族魂"

三个大字。在文学史上，他一直排在前列，影响了好几代的中国学子，他的名字迄今听起来仍如雷贯耳。郭沫若同样是新文学的旗手，他的诗集《女神》、戏剧《屈原》让人激情喷薄。在史学诸方面，他也是颇有成就的。现代文学史中的"鲁郭茅、巴老曹"中，他们两位在大学的教学时间也是最长的，有不少出名的弟子，不可不提。

陈寅恪(1890—1969)，字鹤寿，江西修水人。中国现代著名的历史学家、古典文学研究家、语言学家、诗人。他先后在清华大学、西南联合大学、燕京大学、中山大学等名校执教数十年。他与吕思勉、陈垣、钱穆并称为"前辈史学四大家"。陈寅恪名望过人，被称为"公子之公子，教授之教授"。

陈寅恪的父亲陈三立是"清末四公子"之一、著名诗人。他的祖父陈宝箴，"戊戌变法"时为湖南巡抚，而当年的变法，真正落地的，仅有湖南一省。陈宝箴与时为湖南按察使的黄遵宪，正是"湖南新政"的灵魂人物，他们实施了一系列重大的改革举措。

陈寅恪著有《隋唐制度渊源略论稿》《唐代政治史述论稿》《元白诗笺证稿》《金明馆丛稿》《柳如是别传》《寒柳堂记梦》等。

"史学二陈"中，与陈寅恪并列的是陈垣（1880—1971）。陈垣，字援庵，又字圆庵，广东广州府新会县（今江门市新会区）人，中国杰出的历史学家、宗教史学家、文史学家、教育家。陈垣在元史、历史文献学、宗教史等领域皆有精深研究，留下了十几种专著、百余篇论文等丰富遗产。在 20 世纪二三十年代，"全盘西化论"甚嚣尘上，他却反其道而行之，在研究"华化"上大展身手，专门著有《元西域人华化考》。

1926—1971 年，陈垣出任辅仁大学校长、北京师范大学校长，新中国成立后任中国科学院历史研究所第二所所长，历任第一、二、三届全国人民代表大会常务委员会委员。

陈垣主要的著述有《校勘学释例》《史讳举例》《通鉴胡注表微》等，另有《陈垣学术论文集》行世。其学术成就，先有"北王（国维）南陈"之说，后有"史学二陈"之论，"二陈"又与吕思勉、钱穆并称为"前辈史学四大家"。陈垣的许多著作成为史学、文学领域的经典，有些被翻译成外文，在美国、德国、日本出版。毛泽东主席称他是"国宝"、中国自己的"土专家"。其影响之大、地位之高、名望之盛，在众多的学术领域都有让人难以企及的辉煌。

民间文学研究领域的大家，当数钟敬文。钟敬文（1903—2002），广东海丰客家人，早年便率先搜集客家山歌，并汇编成册，他被誉为"中国民俗学之父"。他身体力行，深入东南、西北地区，从事民俗学调研。他一直主张，民俗学当列为一级学科，不可分至文学（民间文学）、民族学、人类学等不同学科。他还培养了一批民俗学的博士，如今活跃在高校，尤其是非物质文化遗产领域。他曾担任北京师范大学文学系教授、副教务长。他一生投入民间文学的研究和文学创作，是中国民间文艺研究会副会长。他撰写了中国第一部《近代民间文学史略》。他的主要的著述还有《口头文学——一宗重大的民族文化遗产》《中国民谣中所表现的有觉意识》。他在民俗和民间文学研究方面独树一帜，把民俗学现象看成一个由物质文化、社会组织和意识形态组成的整体。

　　文艺学研究领域的大家，有黄药眠。黄药眠（1903—1987），原名访荪、黄访、黄恍，笔名有达史、黄吉、番茄等，广东梅县（今梅州梅江区）人。新中国成立后，黄药眠长期在北京师范大学中文系任教，兼任全国人大代表、政协委员、政协常委、民盟中央常委、中国文联副秘书长、中国作家协会常委、全国高校文艺理论学会副会长等。他申报成功了中国第一个文艺学博士点。主要的著述有《沉

思集》、《批判集》、《中西比较诗学体系》(与童庆炳共同主编)等。

文艺学研究领域的大家,还有童庆炳。童庆炳(1936—2015),福建连城人,北京师范大学教授,曾任教育部社会科学委员会委员、中国文艺理论学会副会长、中国中外文艺理论家学会副会长。主要的著述有《文学概论》、《文学活动的美学阐释》、《中国古代诗学与美学》、《中西比较诗学体系》(与黄药眠共同主编)等。

中国古代文学研究领域的大家,有刘永济。刘永济(1887—1966),字弘度,别号诵帚,湖南新宁人。曾任武汉大学教授兼文学院院长,湖北省文联副主席。在汉语言文学领域,他的古典文学造诣最深。刘永济治学严谨,博通精微,学贯中西,要言不烦,主要的著述有《十四朝文学要略》、《文心雕龙征引文录》(上下两卷)、《〈文心雕龙〉校释》等。

中国古代文学研究领域的大家,还有程千帆。程千帆(1913—2000),祖籍湖南宁乡,后迁居长沙。他于1928年入金陵中学,1936年毕业于金陵大学,先后在金陵中学、金陵大学、四川大学、武汉大学、南京大学任职。九三学社社员,中国著名的古代文史学家、教育家,是公认的国学大师,在校雠学、历史学、古代文学、古代文学批评领域成果颇丰。主要的著述有《校雠广义》《史通笺记》《唐代进士行卷与文学》《两宋文学史》《古诗考索》等。

中国古代文学和现代文学研究领域的大家,当推王瑶。王瑶(1914—1989),山西平遥人。北京大学教授,著名文学史家、教育家,中国中古文学研究的开拓者、现代文学研究的奠基人之一。王瑶学贯古今,知识渊博,教学有方。孙玉石、钱理群、陈平原、温儒敏、赵园等著名学者都是他的学生。他的主要作品有《中古文学史论》《中国新文学史稿》。

中国现代文学研究领域的大家,还有李何林。李何林(1904—1988),原名竹年,安徽霍邱人,鲁迅研究的奠基者,中国现代文学研究学科的奠基者。1924年肄业于南京国立东南大学,后投笔从戎,参加国民革命军,随军北伐。他还参加了"八一"南昌起义,辗转至1928年,在鲁迅的未名社投身革命文艺活动,历任天津师院、南开大学、北京师范大学教授。田本相、金宏达、王富仁、陈鸣树、艾晓明等著名学者都是他的学生。他的主要作品有《鲁迅论》《鲁迅的生平和杂文》《关于中国现代文学》《近二十年中国文艺思潮论》等。

比较文学研究领域的大家，有贾植芳。贾植芳（1916—2008）不仅是著名作家兼学者，还是著名翻译家，更是中国比较文学学科创始人之一。他曾赴日本东京大学就读，早年主要从事文艺创作和翻译。曾任复旦大学教授、中国比较文学学会副会长。主要的著述有《近代中国经济社会》《贾植芳小说选》《外来思潮和理论对中国现代文学影响》，译著有《俄国文学研究》等。

外国文学研究领域的大家，有朱光潜。朱光潜（1897—1986），中国著名美学家、文艺理论家。他1925年出国留学，在国外，他求学如饥似渴，到过多所大学读本科、研究生，攻下了硕士、博士学位。1933年回国，先后在北京大学、武汉大学等任教。主要编著有《文艺心理学》《克罗齐哲学述评》《西方美学史》等，并有《歌德谈话录》、《柏拉图文艺对话集》、莱辛的《拉奥孔》等译著。

外国文学研究领域的大家，还有冯至。冯至（1905—1993），原名冯承植，河北涿州人，中共党员。1921年考入北京大学，1923年后开始发表新诗。1930年赴德国留学，1935年9月回国。1946年7月至1964年在北京大学西语系任教。他主要的著述有《十四行集》《论歌德》《德国文学简史》等。

其次，语言学方面，也是名师迭出。

章太炎（1869—1936），浙江余姚人。他是清末民初著名的民主斗士、"苏报案"的雄辩声震神州——以此可见他语言的功力。他因《文始》《新万言》等著作，被视为中国传统语言学的集大成者、朴学大师，曾在苏州设立国学讲习会，在经史、文字、音韵、训诂上见识过人。他对建立独立的语言学科体系做出了巨大的贡献。与他齐名的黄侃（1886—1935），湖北蕲春人，在传统的"小学"的音韵、文学、训诂方面，有着卓越的成就，与章太炎并称为"乾嘉以来小学的集大成者"，对传统的语言文字学起到了承前启后的枢纽作用，尤其在对上古声韵系统的研究上很有建树。他治学严谨，著作甚丰，著有《音略》《说文略说》《集韵声类表》《汉唐玄学论》《礼学略说》《文心雕龙札记》等。

我国著名的语言学大师王力（1900—1986），广西博白人。他的出生地在珠江流域，那里语言十分丰富，有着得天独厚的优势，尤其是古汉语沉积非常深厚。粤语、客家话中古汉语成分最多，多种方言异彩纷呈，给研究者提供了难得的"活化石"样的鲜活材料。

王力毕业于清华大学国学研究院，1927年赴法国留

学，获巴黎大学文学博士学位。1932年回国，先后担任清华大学、燕京大学、湖南长沙临时大学、广西大学、昆明"西南联大"教授。1939—1940年在越南研究东方语言。1946年任中山大学教授，创办语言学系。他是中国文字改革委员会委员、副主任。1956年被聘为中国科学院哲学社会科学部委员。王力从事语言学的教学和研究长达六十多年，他为发展中国语言学、培养语言学专门人才呕心沥血。他对汉语语法的研究，鞭辟入里，有着独特的见解，引起广泛的反响。他的主要著作有《中国现代语法》(1943)、《中国语法理论》(1944)、《中国语法纲要》(1946)、《中国音韵学》(1936年出版，1955年再版时改名为《汉语音韵学》)、《汉语史稿》(1957—1958，上、中、下共3册)、《古代汉语》(1962—1964，共4册，1980年修订)。

公元前600—前300年，古中国、古印度、古希腊是世界语言学的三个中心。先秦时期，中国语言学可谓先声夺人：《荀子·正名》在阐述哲学观时便已涉及了语言理论；训诂学发轫于先秦而兴盛于汉，有了《尔雅》《方言》等多部语言学名著；东汉许慎则对篆书、籀文、古文做了整体研究，创立了部首编排法，立540部，据形系联，析字构架，予以诠释，寻案本义，博采古训，旁及方言……这一门古老的学科，对后世的影响自不必说。而到了19、20世纪,语言学受到科学、社会思潮诸多方面影响,实现了现代转型。现代汉语、古代汉语,以及语法、音韵种种,都面临科学方法论的建立及运用。

语言是思想的载体,不同的语言承载着不同的思维方式。这不仅在中、英、法等不同语言上有所体现,而且不同的方言,如粤语、客家话等,在思维方式上也有很大的差异。王力自小生活在语言材料丰富的中国南方,这也为其成为著名的语言学家奠定了坚实的基础。

▶▶ 工欲善其事,必先利其器:读的艺术

➜➜ 知—好—乐:读书的三个上升阶段

谈到读书的艺术,各花入各眼,每个人可能都有自己的见解,大抵都是无师自通,条条大路通罗马,不可以定于一尊。但对于进入大学的学子们来说,渐渐有了不同的兴趣,各自的选择也迥然不同。于是,读书的艺术,也可以成为一门学问——这么说,绝非过分提高读书的价值与意义。

陶渊明在《五柳先生传》中就讲过:

"好读书,不求甚解,每有会意,便欣然忘食。"

　　这里说的"好"即只要是书，必"好"！这是一个阶段，读着读着，总会遇到"有会意"的，心里一乐，便"欣然忘食"了。

　　从"好"上升到"乐"，当是最高境界了。

　　所以，很早，孔子就在《论语·雍也》中称：

　　"知之者不如好之者，好之者不如乐之者。"

　　知—好—乐，则是读书的三个上升阶段。

　　求知，当然是被"格式化"的阅读的开始。小时候，求知欲是一种天性，所以，对书也不加选择，能拿到势必先读上一遍。尤其是古代，成书的不多，一卷在手后，便如获至宝，不会轻易放下。当下，书籍多了，互联网更是带来了信息量爆炸式增加，让人目不暇接，青少年的视野更广阔了，获得的信息量也更大了，在不加选择的快意下，会更快走向"好"了。

　　"好"者，兴趣也。前人说过，兴趣是最好的老师。在今天的信息时代，这个观点并没有过时。现代生活繁忙乃至杂乱，要博览群书，绝非易事。所以，让兴趣最早成为导引，自是明智之举。不仅仅是自己情愿，有好奇心，有认同感，而且，可以断定，这与你的人生经历紧密相关——哪怕是再索然无味的平淡生活，你恰巧需要从中寻找刺激，引发共鸣，从而让你的心灵丰盈起来。这样，选择便有了，你会在海量的信息中，迅速发现自己的"知己"，从而如饥似渴地、目不旁视地读下去。

于是，"乐"便有了。"乐"，是中国审美的至高境界，它不同于伦理要求的"应然之则"，非自觉所为；也不同于历史功利的"实然之则"，而是超越伦理与功利的"卓然之则"。纯粹的愉悦、欣慰，产生审美的快感，无拘无束，无所在又无所不在，"物物而不物于物，则胡可得而累邪"，庄子如是说。这样一来，便有了读书的"逍遥游"！达到读书的自由境界，你便能在书的海洋中遨游，透视古今，明了当下，就如韩愈所云："手披目视，口咏其言，心惟其义。"

这便是彻悟了。

读书破万卷，下笔如有神。

少年时读书，每每能一目十行，过目成诵，记忆过人，这类情状，不少人都有过。即便自己不曾有过，也会见过，知道过。如今时兴"记忆文学"，而且属"非虚构类作品"，介乎文学虚构与历史纪实之间，可见记忆在文学作品中的地位，尤其在一个人的成长与成熟中的作用。把

中国语言文学学什么

记忆介于虚构与纪实之间，并作为一门学问加以研究，更是当今学术的热点，其中包含文、史、哲共通或共有的内容。

夸一个人强记博闻，便有了更深的意义。

很多的创造，都是跨学科的融通，尤其在今天互联网大数据的时代，也许电子计算机的记忆功能可以产生奇迹。我们至今未可穷尽，但几乎都有这个经验，阅读量大，"口不绝吟于六艺之文，手不停披于百家之编"（韩愈《进学解》），果然是下笔如有神——而这却是电子计算机做不到的。电子计算机写不出诸如"行到水穷处，坐看云起时""池塘生青草，园柳变鸣禽""海上生明月，天涯共此时"之类隽永的名句来。对于禅宗的"顿悟"，电子计算机恐怕也是办不到的。

所以，一个人读书的数量，也就是"破万卷"，则是必不可少的。

但不可以读过即忘，如过眼云烟。如朱熹在《学规类编》中强调："读书之法无他，惟是笃志虚心，反复详玩，为有功耳。"所谓"笃志"，乃一心一意，心无旁骛；而"虚心"，则是虚怀若谷，容得下书，"虚者，心斋也"。"反复详玩"更是多方探求，多维领会。这样，读书才有收获。

有数量，方有质量，没有巨大的山体，哪能有直插云天的峰峦？没有海洋，怎有拍岸的惊涛？"峰峦"与"惊涛"，便是大山与海洋的"神"之所在。

➡➡ 博览群书：壮大你精神的体魄

同样，没有广度，也就没有深度。

如果没有广泛的阅读，广纳百川，视野得不到开阔，坐井观天，你得到的只是过眼流云，无法深刻领会其中任何一本书的深意。古人云"穷理"，同样是大儒朱熹所说的"为学之道，莫先于穷理；穷理之要，必在于读书"。读的书愈多，穷理也就愈深，你对这个世界的认识也就更深刻。有人说，只要在自己脚下掘一口深井，就有深度了，其实大谬。越是地方的，就越是世界的；越是民族的，就越是国际化的。没有广的观照，何来深的尺度？只有把地方的置于整个世界中，才能凸显它的特色、它的不可或缺及存在。毕竟，如今没有任何一个地方，不被卷入历史——那么多的地域文学，如福克纳的"约克纳帕塔法县"、莫言的高密县、古华的"芙蓉镇"、阿来之藏区、康拉德之"黑暗的心脏"，乃至曹雪芹笔下的大观园，皆是如此。

这似乎仅仅从语言文学而言。

从阅读中获得更丰富或多学科的知识，同样是必不可少的。古今中外，不少著名作家、学者，知识之广博，皆令人惊叹。鲁迅、郭沫若，皆是学医出身；曹雪芹《红楼梦》中的中医药方，绝非硬凑胡编。我们每每对他们作品中丰富的科学知识叹为观止，甚至，他们的灵感，有的就来自他们掌握的科学技术。都说建筑艺术与美术、音乐相通，文学也一样。有的作家，长篇小说结构从宏观到细部都能做到天衣无缝，且稳重如山——这也是一种视野，究其底里，他本人原来不是建筑师，而家学却有此渊源。

其实，正是读书，让你有触类旁通、融会人类所有的知识文化的机会。甚至当你遇到什么问题"卡壳"时，去多读几本书，问题就会迎刃而解，使你豁然开朗。

大诗人惠特曼这么说："读书是最崇高意义中的锻炼，也似体操家一样，需经过一再的奋斗。只有在这种状况下，你才需要书本，书本才会给你东西；如果读书是在半睡眠状态下进行，它是不会给你什么的。"

如他所说，读书犹如锻炼，让你获得精神运动之后的快感，也许会有辛苦，有疲劳，但你的精神体魄会因之强大起来。

读书，就是壮大你精神的体魄！

为什么作家中不乏百科全书式的人物？因为他们不断拓展自己的阅读面，阅读量惊人。无论是对人文科学还是对自然科学，他们都有广泛的兴趣。

人的思维会活跃，正有赖于见多识广，不少事物可触类旁通，乃至一通百通。只有思维活跃起来，你才会有奇思异想，有创新与发明。文学，同样需要创新发明。不少作家年轻时就写出了一举成名的作品，正因为那个年龄段的思维特别活跃，每每一点即通，联想翩翩。诸如诺贝尔文学奖获得者托马斯·曼，他的那部被视为"一部灵魂史"的长篇小说《布登勃洛克一家》出版时，他年仅26岁。中国著名作家巴金写出名作《家》时，也才28岁。王勃写《滕王阁序》时，才16岁，一句"落霞与孤鹜齐飞，秋水共长天一色"，令四座皆惊，如无平日既有广度又有深度的阅读，他是不会有如此高的文学成就的，尤其是对社会，包括对景物的观察。

➡➡ 精神救赎：学之言觉也，以先觉昭后觉

关于读书，有一个颇经典的故事。

有一个人，被关了起来，失去了自由，不过，他仍要求读书——这是唯一的精神满足。

中国语言文学学什么

开始，他要求读的，全是文学作品，有诗歌、散文、小说，读得津津有味，尤其是悬念很强的长篇小说，更是爱不释手，一天甚至能读几本书——相信很多人在年轻时都有过这种阅读速度，不足为奇。

而后，他对历史的兴趣渐渐超过了对文学的欲望，于是，他要求送进来的，便是历史书了。先是当代的——本国史、外国史；而后，则是近现代的；最后，便是古代的——古希腊、古罗马、古中国、古阿拉伯的。读了一段时间，他又觉得不满足了，将兴趣转移到哲学上了。

哲学的书，无论比文学的，还是历史的，都要难读得多。可有了前边的铺垫，他已是驼子作揖——起手不难了，而且一部部，啃得更加认真。哲学，本就是人类文化思想的结晶，耐读，令人回味无穷。显然，古中国的老子、孔子，古希腊的苏格拉底、柏拉图、亚里士多德，以及后来的费尔巴哈、黑格尔的作品，都令他着迷。

从文学到历史，再从历史到哲学，这个人读书意趣的转移、上升，自有思维的逻辑，并形成相应的层次。

即便从事文学的人，最先感兴趣并开始写的是诗歌，而后则是散文，再是小说，最后，说不定还会从事文艺理论研究。当然，并不都是这样，但的确有不少作家有过这样的"演变"。读书，影响到写作，我们甚至可以说，一个民族的文化，最初总是从神话（包括童话）、诗歌（包括史诗）开始的。中国的文学不是从《诗经》到汉赋，再到唐诗宋词、明清小说吗？一个国家或民族的文化，与一个人的成长就这么类似。

所以，读书，不仅对个人的成长，而且对国家与民族的发展，都有至关重要的作用。阅读书籍，伴随着人的一生，我们当加倍努力。

曹丕在《典论·论文》中写道："盖文章，经国之大业，不朽之盛事。"读书，关乎"经国之大业"，对于大学的汉语言文学专业的学生，读书、写文章，当如是。

▶▶ 书山有路勤为径：写的艺术

➡➡ 厚积薄发：下笔千言，倚马可待

文无定法，这是写作的金科玉律。

老子曰："无为而无不为。"巴金说："我主张文学的最高技巧是无技巧。"变者，不变者。唯有千变万化，才是不变的定律。写作当如此。所谓起承转合，所谓龙头、凤尾、猪肚，真个要生搬硬套，未必就写得出好文章，"八股文"就因此声名狼藉。

所以，不少名作，都是率性而为，一气呵成。创作之前，绝对不会想到按什么定于一尊的方法，玩弄什么花里胡哨的技巧。气之所至，下笔千言，倚马可待。所谓方法与技巧，无非是后人总结出来的，而不同人的总结，每每大相径庭，未必就是作者的本意。所以，体会一篇好文章，简单地加以模仿，一味照搬过来，从而自以为得计，实在是大谬特谬也。

有句话，未必是针对写作而言的。那是清代人黄景仁《呈袁简斋太史》一文中所写："文章草草皆千古，仕宦匆匆只十年。"

诗眼"草草"二字，似乎文章是随意所写，信笔拈来，却可以流传千古。其实，"草草"二字，可以说是灵感，也可以说是厚积薄发。一触即出的千古名句，诸如"行到水穷处，坐看云起时"，乍一看很是平易，没什么出奇的，可细细品味，却有颇深的人生哲理。人家可脱口而出，"草草"写就，但你苦吟得出吗？

苏轼说得好："却对酒杯浑是梦，试拈诗笔已如神。"

这里哪来的秘诀、技法？不过是一醉之下，云里雾里，乘酒兴一挥而就罢了。李白斗酒三千，杜甫浊酒一杯，两人却成了诗仙、诗圣，千秋万代名矣。

所以，包括鲁迅在内，许多著名作家，都劝初学者不要去追什么"写作妙诀、特技、入门"之类，老老实实地博览群书；更不要以为有什么捷径、一点灵，而全凭自己所悟，绝无什么"点铁成金""脱胎换骨"的写作神算。

王若虚所说，发人深省："文章自得方为贵，衣钵相传岂是真。"

➡➡ 愤怒出诗人：惜诵以致愍兮，发愤以抒情

孟子在《离娄下》中说："王者之迹熄而《诗》亡，《诗》亡然后《春秋》作。"及至司马迁，在几百年之后，来了个精辟的总结："《诗》三百篇，大抵贤圣发愤之所为作也。"

司马迁当是读到了屈原在《九章・惜诵》中所叹："惜诵以致愍兮，发愤以抒情。"

司马迁还说了很多。在《报任少卿书》中，他写下一段震古烁今的名言："文王拘而演《周易》；仲尼厄而作《春秋》；屈原放逐，乃赋《离骚》；左丘失明，厥有《国语》；孙子膑脚，兵法修列；不韦迁蜀，世传《吕览》；韩非囚秦，《说难》《孤愤》；《诗》三百篇，大抵圣贤发愤之所为作也。"

我用了诗歌的格式，重录了此文，因为它比诗歌更隽永、更抒情、更动人魂魄。

其实他本人又何尝不是如此呢？虽然遭受宫刑，他却发愤著书，写就了千古一书《史记》，留下不朽的英名，这更是"经国之大业也"。

而在这段文字后，他似乎是在说自己了："此人皆意有所郁结，不得通其道也，故述往事，思来者。"

一部《史记》，记述了汉武帝之前中华几千年的历史，迄今仍是中华民族的不朽经典。可"述往事"，目的在于"见来者"，为后人秉烛，照彻后世——今天，无论在历史系还是中文系，抑或是哲学系——他的"太史公曰"，有着太多的哲学思考，而所录下的历史事件本身，也包含众多的哲理。顾名思义，《史记》当然是史，可当中不少名篇，如《鸿门宴》《霸王别姬》等，却又是出色的文学作品，以至有人以此否定《史记》之"史"的范式。

试想一下，一个男人受了宫刑，当是奇耻大辱，男人不再为男人了，肉体、生理上的痛苦且自不待说，多少人会为之沮丧、绝望，失去活下去的意志？但司马迁却在这非人的摧残下，咬紧牙关，无论寒暑坚持把一部《史记》最终完成。

在司马迁之后，又有多少志士仁人，写下了千古传诵的正气篇，大家再熟悉不过的，莫过于岳飞的《满江红》：

三十功名尘与土，

八千里路云和月，

莫等闲，白了少年头，

空悲切。

还有文天祥的《过零丁洋》：

人生自古谁无死，

留取丹心照汗青。

明末少年诗人夏完淳，更有：

无限河山泪，谁言天地宽。

愤怒出诗人，文章也是如此，汉代王充写《论衡·佚文》，也是因愤嫉而作：

《论衡》篇以十数，亦一言也。曰：疾虚妄。

他对社会上的虚言妄语，已忍无可忍了。

所以，文章大抵是有感而发，同国家以及个人的遭际密切相关。在这个意义上，文章是情感的产物，也是对人类社会的异化有力的抗诉。杜甫怀念李白的诗中，写有"文章憎命达，魑魅喜人过"（《天末怀李白》）。这是何等悲愤，否则，也写不出这样字字千钧的诗句来。

陆游的《书愤》：

早岁那知世事艰，中原北望气如山。

楼船夜雪瓜洲渡，铁马秋风大散关。

塞上长城空自许，镜中衰鬓已先斑。

出师一表真名世，千载谁堪伯仲间。

这是何等忧愤？

国事如此，人生境遇的变化，同样如此。

早年的庾信，曾为杜甫所欣赏，在《春日怀李白》的诗中，还专门把庾信列出，作为那个时代具有代表性的诗人。诗中称"清新庾开府，俊逸鲍参军"，说李白的诗有如庾信作品那么清新，鲍照作品那样俊逸。

然而，庾信先是在南朝梁出仕，文风颇受江南诗风影

122

响,清新飘逸。没想到,他出使西魏,竟被拘留下来,不放南归。当年,南朝被视为正统,文采风华,远胜北朝,这是羁留庾信的根本原因。后西魏亡,庾信在北周出仕,更居高位,虽然在北朝做官,但他仍念念不忘南方。有名的《哀江南赋》,便是出自他手。人到了北朝,他的诗风也大变,因为怀念江南,笔下的清新不再有了,故后人云:"庾信文章真健笔,可怜江北望江南。"

杜甫后来感叹庾信后期到了北国写下的诗:"庾信平生最萧瑟,暮年诗赋动江关。"

更有七绝,推崇庾信晚年风格迥异的诗:

庾信文章老更成,凌云健笔意纵横。

今人嗤点流传赋,不觉前贤畏后生。

庾信去国怀乡,诗赋为之一变,清新不再,变得萧瑟,凌云健笔,意气纵横。如果不是环境变化,他是不可能抒发如此凌云之胸臆的。

在世界上,这种"愤怒出诗人"的现象,更历历可数。狄更斯写《荒凉山庄》,雨果写《悲惨世界》,托尔斯泰写

《复活》，陀思妥耶夫斯基写《罪与罚》，包括左拉闻名的《我控诉》，还有奥威尔的《1984》等，都有着亲历亲见，他们的作品也可以称为"民间疾苦、笔底波澜"，要为人民"鼓与呼"，都有一片赤子之心。

当然，也有不同类型的，有的作家本人经历平平，没经过大风大浪，不曾受过挫折与打击，但是，在他们的笔下依旧是惊雷疾闪、天摇地动，令人惊讶。

然而，一个人的经历寻常，未必没有心灵的丰富多彩、灵魂的电闪雷鸣。这样的人，也许不会太多，但也非个例，这里就不一一赘述了。

还有，不是惊涛骇浪，而是一碧万顷之际，也同样能促发人的感悟。

所以，面对着一座园林、一场渐渐沥沥的小雨、一道潺潺而流的小溪，甚至一块石头、一只小鸟、一丝清风，也有人写下精妙的文章，让读者口角噙香。

不过，任何一句话，都得有感而为。

那么有感之后，是否写作就顺畅了呢？

当然，有的人是下笔千言，一挥而就，犹如江河泻地，浩然天地间，这似乎并没什么细想，或没有什么特别的构思。但是，我们也不能不看到，他们不仅生活的积累很厚重，而且文学功底也很了得，这才做得到呼之即出。

大多数人，有感，同样需要一个好的构思。

➡➡ 文以气为主：理郁者苦贫，辞溺者伤乱

刘勰在其惊世之作《文心雕龙·神思》中有：

故思理为妙，神与物游。

神居胸臆，而志气统其关键；

物沿耳目，而辞令管其枢机。

"思理"者，即构思也。有感于什么，当从何写起，当突出什么，又怎么谋篇布局，从而去感动读者，引发共鸣，这便是关于构思。构思好了，倚马可待；没构思好，拈断青丝却不知从何下手。你再有文采，可找不出表现的地方，也是事倍功半。

所以，刘勰在《文心雕龙·熔裁》中是这么说的：

草创鸿笔，先标三准：履端于始，则设情以位体；举正于中，则酌事以取类；归余于终，则撮辞以举要。

仔细体会这段文字，内涵之丰富，构思之重要，大致都在这"三准"里了。

《文心雕龙》里有很多独到的论述，如《文心雕龙·神思》中有篇：

理郁者苦贫，辞溺者伤乱。

然则博见为馈贫之粮，贯一为拯乱之药。

的确，在苦苦构思之际，你若能"博见"——或深入生活，或多读书，每每在"卡壳"的时候，突然之间，能灵光一闪，所有的困厄，就都迎刃而解了。

一篇文章的开头，也是构思的重点，所以，不少名作家，其开头总是写了又写，甚至写个十几遍，也未必找出一个理想的开头。《安娜·卡列尼娜》一书的开头是："幸福的家庭都是相似的，不幸的家庭各有各的不幸。"据说托尔斯泰也写了十几遍，才有了这一句颇具格言色彩，且能统领全书的开场白。

当然，有了好题材，有了深度的思考，却未必能写出优秀的文章，所以，古人亦云："文似看山不喜平。"如果你平铺直叙，写得枯燥干涩，没人能读得下去，写了也白写，这也是构思中亟须解决的大问题。

有个好的开头，抓住重心，一波三折，从而推向高潮，末了，还能让人回味无穷，思绪万千，这才是写作的要害所在。

不少文章，是会让人一口气读下去，爱不释手的。这个"一口气"，与写作时的"一口气"是分不开的。

其实，前边已经有几处讲到"气"了，这里再多说几句。

视文章为"经国之大业"的曹丕，在同一篇文章中更强调：

文以气为主，气之清浊有体，不可力强而致。

装腔作势，夸大其词，勉强而为，算不了"气"，所以，之后，颜之推在《颜氏家训·文章》中进一步说："文章当以理致为心肾，气调为筋骨，事义为皮肤，华丽为冠冕。"

这里，视气调为筋骨，无气不可支撑起人与文章矣。"文者气之所形"，这是大文豪苏辙所说的，而早先韩愈就

中国语言文学学什么

已讲："气盛，则言之短长与声之高下者皆宜。短长、高下都没关系，关键在于气，气要盛。"(《答李翊书》)

读李白的"白发三千丈""飞流直下三千尺，疑是银河落九天""千里江陵一日还"等诗句，其气势不是常人可比，而杜甫的《醉歌行》则有"词源倒流三峡水，笔阵独扫千人军"。

其行文气势，可见一斑。

现代文艺理论家萧殷，在"气"之上，更强调"气血"。这"气血"，自然是投入一个人全部的生命，气势与血，当如杜甫说的三峡水，激荡着作家的文思。

文章与气，还可以说道很多，这里也就点到为止。

▶▶ 能言善辩：说的艺术

➡➡ 鼓舞与教化：具有力挽狂澜的力量

说话，是人类各种交流的基本方式。

尤其是在一些重要场合，说的艺术，必然特别讲究。一言之失，甚至可以招致败灭，乃至亡国，所谓"一言丧邦"。古今中外，这类范例不胜枚举，一场鼓舞人心的演说，能动员成千上万的热血青年奔赴疆场，前仆后继，抗击强敌,保家卫国。人们忘不了五四运动中,陈独秀、李大钊等振臂一呼,应者云集,开启了新文化运动。

而在课堂上,不同的老师,有不同的讲课风格。有的慷慨激昂,全身心投入,具有巨大的感染力;有的娓娓道来,引人入胜,把学生引入忘我、忘情的境界;有的欲擒故纵,先留下悬念,让学生皆入彀中,到后来方恍然大悟;有的开门见山,骤响易彻,一下子就把学生抓住了,步入胜境;或不动声色,伏笔千里,或千回百转,来个柳暗花明……当然,都为了同一个目标,通过充分发挥说话艺术,让学生获得知识,受到激励,眼前豁然开朗。

当然,也有法庭上的激辩,不平而鸣,扭转乾坤——我们都熟悉在"国会纵火案"的法庭上,季米特洛夫洋洋洒洒、气冲霄汉的辩护词;还有震惊中外的"七君子事件","七君子"在法庭上的雄辩,峰回路转,以智取胜——这样的范例,历史上数不胜数。

……

无疑,说的艺术,关于鼓舞、教化,更具有力挽狂澜的力量。自古以来,它之所以成为一门艺术,是因为发乎心,出乎口,以情动人,以理服人,发展出来众多的论说的技巧、不同的表达方式——这就需要高超的才华、独特的

中国语言文学学什么

智慧，当形成一门学问时，更具有永久魅力与审美的情趣。

可以这么认为，说同读、写是分不开的，同样交互影响着人类的理性精神的演进与历史文化的上升。在某种意义上，"说"更具有显性的突出的作用。

由于"说"表现出一个人思维的敏捷与深度，诸如不假思索而说出来的，更是无需逻辑、理性。而作为悟性，它是当代思维一个研究的热点，甚至达到更高的高度。在互联网时代，参与"说"的现代科学技术，更到了扑朔迷离的地步，"说"的内涵也就有了很大的延伸或扩展，更不用说网络语言了。

➡➡ 找到适当的方法，"说"就成功了一半

内容、方式与表述用的文字语言，即"说"，都是相互联系的，这与思维息息相关，先把这些弄清楚了，"说"的艺术也就丰盈了起来。

首先，"说"是有其原则的，有底线的，不可以有违人类共同的道德、法律标准。粗口、淫秽、语言暴力是要避免甚至绝对不允许的。"言者无罪"的言，当然不包括威逼、胁迫的暴力语言，更不包括造谣惑众、无中生有。界

限历来是画得非常清晰的，任何反人类的、伤害国家与民族的、鼓吹恐怖与暴力的，都是逾越了人类共存的原则，破坏了法律的底线，这些，应不点自明。

其次，"说"的首要条件或基础，则是厚积薄发。你须有广博、深厚的知识，也就是牢靠的文化功底，才能"说"好，才有底气，才能以理服人。文化大师陈寅恪讲课，仅讲解一个"汉"字，就可以讲上好几堂课，还意犹未尽，可见他的国学知识有多么渊博。这绝不是炫耀与卖弄。所以，没有各种知识的积累，哪怕一堂课，你也未必能"说"好，语言干瘪、枯燥无味，内容苍白，那无论如何也是吸引不住学生的，这是显而易见的道理。

最后，"说"要有效，还得讲究方法，不可平铺直叙、照本宣科。方法可以有很多，以点带面，生发开去，可以做到事半功倍；用上反讽，引发关注，更可以加深理解。而幽默更是须臾不可或缺的，让课堂充满生机，笑声不断，知识也就在无形中被吸收了。有的内容，须开门见山，直插主题；而有的，则要迂回曲折，最终方可达到目标；有的，则是"山重水复疑无路，柳暗花明又一村"；有的，跌宕生姿，九曲回肠……总之，找到了适当的方法，"说"也就成功了一半。

中国语言文学学什么

➡➡ 鸢飞鱼跃：无限开阔的艺术空间

其实，方法与技巧本来就是分不开的，如今，课堂上PPT的使用，图文并茂，更能加深理解；形象，每每包含得更多——所谓"立象以尽意"。我们常说逻辑思维、抽象思维与形象思维是对立的，但彼此却又是互补的、相通的。不少科学家的发现、发明离不开逻辑思维，而文学家的鸿篇巨制，同样离不开逻辑思维——这已不是技巧了。

"说"，最忌的是空洞无物，废话连篇，动不动就是大话、套话，这是令人深恶痛绝的。要言之有物，言之有理，言之有情，有气韵，有气势，也有幽默，有趣味，有兴致。既可以天马行空，又可以细致入微；既能高屋建瓴，也能针脚细密——可以不拘一格，却不可以死板呆滞……总之，"说"也是有生命的，一样可以生机勃勃、鸢飞鱼跃，不应该死气沉沉、僵化教条。

"说"，有无限开阔的艺术空间。

韩非子有一名篇，为《说难》，当为一篇包括大学问、大智慧的文章。韩非子才高八斗，都以为"说"难，何况一般人呢？可见说的艺术，非同一般。这里且引用其开篇。

凡说之难，在知所说之心，可以吾说当之。所说出于为名高者也，而说之以厚利，则见下节而遇卑贱，必弃远矣。所说出于厚利者也，而说之以名高，则见无心而远事情，必不收矣。所说阴为厚利而显为名高者也，而说之以名高，则阳收其身而实疏之；说之以厚利，则阴用其言显弃其身矣，此不可不察也。

这一段文字告诉我们，对于好名者，不可以利诱之；而对于贪利者，以名为由，同样说服不了。人是复杂的，有的人重名轻利，也有的人重利薄名，你要投其所好，就不能不明察，不然，必适得其反。

这里的"说"，是"游说、劝说"的意思。

有时，正话反说，倒会得到更大的效果，人们熟知的解缙、刘墉便是如此，这里不妨引一则同样的反讽。

《五代史·伶官传》中就讲过这么一个故事。庄宗好猎，每每毁坏民田。中牟县令劝他，差点被杀。伶人不得不追捕这位县令，抓到庄宗前责怪道："你身为县令，明知天子好猎，为何纵容百姓种田以交税赋？不如下令让百姓抛空回地，任由天子驰骋！你真是罪该万死！"于是，请示庄宗行刑。结果逗得庄宗大笑，县令得以免死。

说的艺术与技巧，可谓得到了充分的发挥。

➡➡ 大义凛然：挽狂澜于既倒

而惊动世界的"国会纵火案"的审判，季米特洛夫在法庭上的演讲，不仅大义凛然，而且充满智慧，句句经典。

庭长警告说："不允许你在庭上做共产主义宣传。"

季米特洛夫则反驳道："戈培尔和戈林的发言，也起了对共产主义有利的间接宣传，可有人为此责备他们吗？"

季米特洛夫最后陈言："伽利略被判刑时，他宣告'地球仍然在转动！'我们共产党人今天也怀着同伽利略一样的决心宣告：地球仍然在转动！历史的车轮滚滚向前，向前，最后，不可避免、不可遏制地必然要达到目的……"

可谓一字千钧，锐不可当。

今天，仔细品味，仍可品出很多的深意，诸如"间接宣传"等。

前边提到的"七君子事件"发生在西安事变之前，蒋介石"攘外必先安内"论调盛行之际，不妨听听"七君子"的法庭陈词：

沈钧儒说："共产党吃饭，我们也吃饭，难道共产党抗日，我们就不能抗日，不能吃饭吗？"

又说:"民国十三年(1924年)孙中山主张容共,实行容共,中山先生错了吗?我们集会纪念中山先生,援助日本纱厂罢工工人,也被列为罪状,试问你们要不要做中国人?"

邹韬奋说:"共产党给我们写公开信,你们起诉我们勾结共产党;共产党也给蒋委员长和国民党发公开信,是不是蒋委员长和国民党也勾结共产党?"

以子之矛,攻子之盾,巧妙、机智,字字珠玑,让人忍俊不禁,看来说得平常,却把"说"发挥到了极致。

名句"自有后来人",出自革命先烈夏明翰之口,他在法庭上,气宇轩昂、铁骨铮铮,体现了一位革命者的傲骨。在法官问他姓什么时,他回答:"姓冬。"法官说他乱讲,他讲:"你们把黑说成白,把天说成地,把杀人说成慈悲,把卖国说成爱国,我姓夏,就当然应该说姓冬。"

一开庭,他就先声夺人、一针见血,把反动法庭的颠倒黑白、混淆是非,揭露无遗。

说的智慧,也是人生的智慧,随机应变,化险为夷,力挽狂澜于既倒,每每在几句话之间。语言本身也是人类智慧的产物。

美国总统林肯，有一次受到议员的批评："你为什么要试图跟敌人做朋友呢？你应该力图去消灭他们。"

林肯笑了笑，坦然、温和地做了回答："我难道不是在消灭我的敌人吗？当我使他们变成朋友的时候。"化金戈为玉帛，变敌为友——林肯就用这一语言的智慧，展示出他的胸怀与远见，几句话就令对手折服，可谓一语定乾坤，却不乏精妙与幽默。

我们还可以在古今中外的讲演中、法庭上，尤其是通向智慧之门的课堂上，看到、听到语言艺术的奇妙、机智，当然，更感受到语言之博大精深。

当今，无论是国内，还是国际，演讲比赛、辩论比赛，每每联袂而至。尤其是在大学，参赛者都展示出各自的才干、智慧与技巧，同时，也表现出不同民族深厚的文化底蕴。中国的大学生，每每能蟾宫折桂，可见中国的语言——"说"具有怎样的魅力。同学们不仅大开了眼界，而且陶冶了性灵，机智、机敏，论辩中更不乏机锋。

上大学，读与写，写与说，难解难分。

仅一个"说"，就足以让我们铆足劲，下足功夫了。

气势如虹,潇洒轻灵,鞭辟入里,切中肯綮……我们可以用无数美好的字眼,让"说"变得丰富多彩,让学子们青出于蓝而胜于蓝,走向人生的巅峰。

我们期盼着。

中国语言文学往何处去

> 欲新一国之民，不可不先新一国之小说。
>
> 故欲新道德，必新小说；欲新宗教，必新小说；欲
>
> 新政治，必新小说；欲新风俗，必新小说。
>
> ——梁启超《论小说与群治之关系》

▶▶ 古谚新解：行行出状元

➡➡ "众妙之门"：中国语言文学专业之"用"

学了中国语言文学，能有什么用处？可以做什么？尤其重要的是，发展的方向是什么？

一如哲人"从何处来，往何处去"的追问。

如前所述，须学会写文章，"盖文章，经国之大业，不朽之盛事"——这是中国传统文化中的"内圣外王"，经国

大业，乃多少志士仁人的努力奋斗所为。不朽盛事，自是彪炳千古的不朽功名。治国，安邦，平天下！

还有，"文章千古事，得失寸心知"，这却是"内圣外王"中的"内圣"。一篇文章之所以能千古传诵，原因则在格物、致知、修身、齐家上。

辉煌的业绩，完善的人格，当为"文章"所赋予。

国学的重心是国文，包罗万象，涵盖天地。但不管怎样，文字总是基础的基础，字是敲门砖，不仅仅起传播的作用，还包含"入门"——众妙之门。这"入门"，不可等闲视之，"众妙之门"这四个字，太深奥了。

也许，这是语言文学之本，无论你今后从事何种职业，也万变不离其宗。

无本则无用，那"用"又在何处？

这也就具体到学了语言文学专业之"用"上。

陈寅恪说："我们的母语，远胜于我们自己。"被誉为"哲学家的哲学家"，即语言哲学家的维特根斯坦也说："我的语言界限意味着世界的界限。"

无论是文、史、哲，还是理、工、农、医，都离不开自身学问的表述，不可不借助于语言。

在西方，文、史、哲是不分家的，达·芬奇文理皆通，是文艺复兴时期的伟大科学家、哲人，以及发明家、画家。诺贝尔文学奖获得者罗素，是位大数学家，得的却是文学奖——凡此种种，数不胜数。在中国，一些科学家、医学家，大多文字精妙，如茅以升等科学家，其古典诗词写得亦十分出色！

➡➡ 热门：灵活性强，选择面大

每每毕业时，中文专业的学生是比较抢手的。行政机关、文化机构、出版单位、报社、电台、电视台，都青睐中文系毕业生。中文系毕业生可选择的职业包括秘书、编辑、记者，乃至编剧、作家、文员。

中文系毕业生留在大学工作的，也不在少数。正是因为有了牢固的中文功底，做演说、写报告都不是难事。

从职业选择上而言，中文系毕业生灵活性较强，选择面较大，日后的前途也较宽，行行出状元的古谚，这里也就有了新解。

▶▶ 美美与共：人类共同的理想

➡➡ 为光明而生：从文者的使命

众所周知，诺贝尔文学奖的宗旨，在于奖励在文学领域创作出具理想倾向之最佳作品者。

其关键词是：具理想倾向。

理想倾向，自然是指向未来，未来一个可期的美好社会。

我们选择文学，同样也是如此期盼历史的进步，社会的公正、人与人的平等，归根结底，是一个理想的未来。从文，当然不仅仅是做一名作家，与文字相关的一切工作，都包括在内。文字，从来都会焕发光明，驱赶黑暗。正如被誉为"中国莎士比亚"的汤显祖在《答陆学博》中所说："文字诶死佞生，须昏夜为之。"

可见，从文，只能为光明而生。

预告光明，预告未来，当然，也预告风暴，预告不幸——这也是为了抵御风暴与避免不幸，迎来丽日蓝天与幸运，这当是一个文字工作者的天职。文学的预言功能，并不等于要求每一个从文者都成为预言家，而是在呼唤一个美好的世界的诞生，为人类共同的理想而前仆后继。

坚信光明，一如文天祥的《正气歌》中所揭示的：

天地有正气，杂然赋流形。

下则为河岳，上则为日星。

于人曰浩然，沛乎塞苍冥。

皇路当清夷，含和吐明庭。

时穷节乃见，一一垂丹青。

……

是气所磅礴，凛烈万古存。

当其贯日月，生死安足论。

……

哲人日已远，典刑在夙昔，

风檐展书读，古道照颜色。

《大学》有云："国不以利为利，以义为利也。"如何把持自己，做出人生的选择——不独是职业的选择，这对每位大学生而言，都是要认真对待的命题。

➡➡ 应然之则：服从伦理的选择

伦理的选择，是应该做怎样的选择，即所谓"应然之则"。

142

故天将降大任于是人也，必先苦其心志，劳其筋骨，饿其体肤，空乏其身，行拂乱其所为，所以动心忍性，曾益其所不能。

这句话的内在意义，正是确定自身应该怎么做——这个"应该"，当然是"大任"，服从伦理的选择，这样才能够战胜所有的艰难苦险。这样做的人当然是"仁者"。

"一言兴邦，一言丧邦"，亦可见"言"之大矣。

在中国这样的故事很多，就不一一道来了。而在世界上，还果真有与此"呼应"的故事。

那是美国作家斯托夫人于19世纪中叶发表的一部反对奴隶制度的鸿篇巨制，那部长篇小说当年在美国产生了深远的影响。尤其在美国的"南北战争"爆发之际，时任美国总统林肯接见斯托夫人时曾说道："你就是那位引发了一场大战的小妇人。"

这部小说，就是《汤姆叔叔的小屋》。

➡➡ 语言文学：我们文化的根系

大学毕业之后，选择怎样的职业，又能找到怎样的工作，对于大学生而言，当然是不能不考虑的问题。

进入社会，无论身处何方，风风雨雨总是少不了的，而一个人受过教育水平的高下，在一定程度上决定了其抗御风雨的能力。如前所述，应该怎么做，这是教化之功，而能够怎么做，则是教育所能——我们在这上面，是不可无视功利的，一无所能，你又怎么能在这个世界上立足？

先天下之忧而忧，后天下之乐而乐。处江湖之远则忧其君，居庙堂之高则忧其民——如今，当把"君"置换为国家、民族的命运。

处在不同的位置，有不同的关注。其实，"忧其民"一样是关心社稷、民族的命运。"忧其君"也同样与人间疾苦相连。

这都是从小受的教育所告诉我们的。

而干一行爱一行，敬业精神，本职工作——这些都不是孤立的，民富国强，每个人各司其职，行行出状元，国家的兴盛，正是从每个人的脚下开始的。所以，不仅要服从"应然之则"的"命令"，还要为"实然之则"的功利而努力，二者并不矛盾。

《诗经·卫风·河广》中称：

谁谓河广？一苇杭之。

教育，正是这样的"一苇"，把你崇高的、更加理想的愿景，与脚踏实地的生活、奋斗乃至拼搏联系起来，让你在滔天的巨浪、狂野的狂风中昂然前行，把一个民族伟大的优秀文化代代相传下去，并在你们身上发扬光大，创造出更辉煌的未来。

语言文学——我们真正的精神故乡和文化的根系，是我们可以守护自身的保证。

有了语言文学的功底，你不仅可以当教师、文员、宣传干事，还可以当作家、编剧、哲人、报人，可以选择更多。有形与无形，你的精神永远是上扬的，你的前程也更无限。

▶▶ 仰望星空：个人的自由全面发展

➡➡ 浑然一体：志向、职业与兴趣

一个人的志向，所选择的职业，也就是伦理与功利，能够一致，便可谓称心如意了吗？

但还有一个选择，那便是兴趣。

如果志向、职业与兴趣，三者皆如愿，善莫大焉。

兴趣本身，可以说是审美的需求。

所以，在人生选择、职业选择中，能做到三者合一，殊为不易。刚开始，未必能做到，但是，锲而不舍，不断努力，也不无可能。当然，这也是人生与职业选择的最高境界，不是任何一个人都能做到的。

人们常说，兴趣是最好的老师。

而兴趣，是择业中最有魅力，也是最具发展潜力的要素。

如果你对所选择的职业本身就有浓厚的兴趣，就会全心身投入，从而干得出色。在这个意义上，成功的"酵素"，便是兴趣。兴趣可以让你有所发现，有所发明，有所开拓，有所提升，让你永远兴致勃勃，干劲十足。

发生认识论的创立者皮亚杰就这么说过："兴趣，实际上就是需要的延伸，它表现出对象与需要之间的关系。我们之所以对一个对象发生兴趣，是因为它能满足我们的需要。"

孟子曰："充实之谓美，充实而有光辉之谓大。"你的工作充实吗？你的人生充实吗？而在充实之上，方有光辉所在。也只有在工作及人生中，你才能感觉到自身的价值。

著名医学家葛洪在《抱朴子·外篇·博喻》中说道："锐锋产乎钝石，明火炽乎暗木，贵珠出乎贱蚌，美玉出乎丑璞。"正是在不断的打磨中，职业工作才会升起焰火，产生明珠，凿出美玉。

➡➡ 自我实现：文史哲数理化不分家

中国语言文学专业有着较为广阔的职业选择范围，我们只能择主要的讲一讲。

这里先说说教育工作。人们把"人类灵魂的工程师"的光环加在教师头上，传扬历史文化。民族历史文化在，民族也就在；民族历史文化若不在了，民族也没有了。从事教育工作，是非常光荣的。

新闻传播，也在日益发展。传媒，更被视为第四权力。激浊扬清，捍卫正义与公正，揭露黑暗与丑恶，正是这一职业神圣的责任。新闻工作者深知自己的天职，用真实的报道去点亮世界，照耀未来。

再就是企业，企业不单纯涉及技术，还有管理、宣传、人事诸方面，只要中文专业学得出色，也是大有可为的。如今，企业文员的需求量还是相当大的。毕竟，语言作为一种交流工具，可以让你在不同的岗位上挥洒自如。

当然，编辑工作、影视创作等，对中文系的毕业生来讲，也非常适合。武汉大学首开作家班，一些作家成为驻校作家。

当然，报考公务员或从事文秘工作，中文系的毕业生也都是起手不难。

当今，跨学科的趋势日益明显，理工科内跨学科的专业都已经出现了。那么，文科呢？如今也有文学人类学、文学地理学，后者更是跨文理科。今后，当有更多文学与理工科跨越的学科出现，只要中文专业学得好，理解能力强，有悟性，就有可能转到相关的理工科。

➡➡ 底气十足："三个多"

每一年的高考，莘莘学子摩拳擦掌，希望无负于"十年寒窗"。而在报考、录取、就业上，汉语言文学有着显而易见的优势。

第一个优势，报考的人数多。中国文化，博大精深，永远是我们的根。根深叶茂，才有雄视古今中外的华夏文明，并对世界历史的进步，始终有着巨大的贡献。"求天下奇闻壮观，以知天地之广大"，一卷在手，谙熟中文者，便晓知天下大事，得失兴亡。同时，"腹有诗书气自华"，一个人的修养、品行、气度、风骨同样与自己的学问、见识成正比。其实，文理也是相通的，理科也需要文科的形象思维。当今世界，思维进入悟性思维阶段，本就超越了逻辑、线性的理性思维阶段。

第二个优势，录取的人数多。所有文科类高校，文学院固然设置文史哲多个学科，而"文学"这个词，正是广义的文科，所以才有"院"。而理工科大学中，也同样有文学院或人文学院，它甚至包含政治思想教育、马克思主义理论、经济贸易、新闻与传播、文化旅游、艺术设计等，把大文科笼统集于一身。

第三个优势，就业的人数多。

当然，学子们追捧中文系，考虑的首要因素还是志向与兴趣，但就业同样是重要的因素。

可以说，在中国大地上，各行各业都需要具有较强的语言文字写作能力的人。

参考文献

［1］ 艾布拉姆斯. 镜与灯:浪漫主义文论及批评传统［M］.
郦稚牛,张照进,童庆生,译. 北京:北京大学出版
社,1989.

［2］ 布瓦洛. 诗的艺术［M］. 北京:人民文学出版社,
1959.

［3］ 布莱希特. 中国圣贤启示录［M］. 殷瑜,译. 北京:
北京师范大学出版社,2015.

［4］ 柏拉图. 柏拉图文艺对话集［M］. 朱光潜,译. 合
肥:安徽教育出版社,2007.

［5］ 巴金. 巴金自传:文学生活五十年［M］. 南京:江苏
文艺出版社,1995.

［6］ 陈君冶. 新文学概论讲话［M］. 上海：上海合众书店，1935.

［7］ 陈平原. 当年游侠人——现代中国的文人与学者［M］. 北京：生活·读书·新知三联书店，2006.

［8］ 陈贻焮，赵新月. 中国语言文学［M］. 北京：北京大学出版社，1991.

［9］ 蔡仪. 文学论初步［M］. 上海：上海生活书店，1946.

［10］ 蔡凌燕. 汉语言文学知识［M］. 北京：高等教育出版社，2003.

［11］ 曹顺庆. 中西比较诗学［M］. 北京：中国人民大学出版社，2010.

［12］ 曹伯韩. 中国文字的演变［M］. 桂林：漓江出版社，2012.

［13］ 戈尔曼. 情感智商［M］. 耿文秀，查波，译. 上海：上海科学技术出版社，1997.

［14］ 德里达. 论文字学［M］. 汪堂家，译. 上海：上海译文出版社，1999.

[15] 杜书瀛. 文学是什么——文学原理简易读本[M]. 北京：中国社会科学出版社，2018.

[16] 詹姆逊. 政治无意识[M]. 王逢振，陈永国，译. 北京：中国社会科学出版社，1999.

[17] 列宁. 列宁论文学与艺术[M]. 北京：人民文学出版社，1983.

[18] 费德勒. 文学是什么?:高雅文化与大众社会[M]. 陆扬，译. 南京：译林出版社，2011.

[19] 高宏生. 文学的诗性本质与价值结构[M]. 北京：新华出版社，2003.

[20] 郭沫若. 女神[M]. 北京：人民文学出版社，1977.

后　记

　　在很大程度上，学生喜不喜欢一门专业，与这个专业的授课老师有很大的关系。

　　我对中国语言文学的热爱，就与我的中学语文老师邹常健先生有很大的关系。先生英俊潇洒、气度非凡、学问渊博、博古通今，上课时总是激情澎湃、眉飞色舞、风趣幽默。

　　他用高亢、激越的声音激发我们对激情燃烧的时代的热爱，用优美、舒缓的声音为我们描述在大海上自由飞翔的海鸥、在夜空中闪烁的群星，用悠扬、悦耳的声音将我们带入诗意盎然的审美世界。他把我的习作与中外名家的文章一起印在他编选的年级学生必读的"范文选读"上，极大地激发了我奋发向上的动力。是他，让我明白，

一个好的语文老师的每一堂课都应该是妙趣横生、精彩纷呈的，一个好的语文老师也应该让学生对语文课乐此不疲、痴心不改。

1979 年 8 月的一个阳光灿烂的下午，我正在宿舍区的大坪中漫无目的地游荡。突然，一个熟悉的声音传来："赵小琪，你的大学录取通知书到了！"我抬头一看，邹老师左手推着自行车，右手高举着一个信封。霎时间，刺眼灼人的阳光变得明亮温暖起来，我从邹老师手中接过等待已久的大学录取通知书，对于文学的热爱就像夏天的阳光一样自由奔放。

我的中国语言文学专业的学习生涯由此拉开序幕。

在我攻读硕士、博士学位以及从事博士后研究工作期间，苏州大学范伯群先生的博学与豁达，芮和师先生的宽厚与仁慈，徐斯年先生的儒雅与大度，朱栋霖先生的机智与敏锐；武汉大学陆耀东先生的真诚与执着，易竹贤先生的耿介与率直，孙党伯先生的温和与淡泊，龙泉明先生的通透与明净；四川大学曹顺庆先生的儒雅与睿智，都让学生们深深地感受到学者人文精神的千姿百态，体会到他们高雅的生活情调和博大的人文情怀。

尤其是我的博士生导师龙泉明先生,他的那种执着坚韧、厚德载物、仁义礼让、谦恭不争,处处都散发着强烈的人格魅力,令一届又一届的学生为他倾倒。先生文如其人,他的新诗流变史研究,既是大气磅礴、纵横捭阖的研究,也是心无旁骛、甘于清贫的研究。从某种程度上说,只有先生这种光明磊落、大公无私、厚德载物的人才能写出大气磅礴、纵横捭阖的新诗流变史;也只有先生这种心无旁骛、甘于清贫的人才能为社会提供经时代的风雨、历史的沧桑而不朽的成果。

李渔在《闲情偶寄》中说:"文章者,天下之公器,非我之所能私;是非者,千古之定评,岂人之所能倒?"中国语言文学学科的希望在哪里?中国语言文学学科学者人文精神重建的希望又在哪里?我们认为,在于学者将学术当作天下之公器,在于人格健全的年轻一代"为天地立心,为生民立命,为往圣继绝学,为万世开太平"。

我们坚信,在年轻一代中,会有许多像屈原那样"吾将上下而求索"的人,也会有许多像陶渊明那样"不为五斗米折腰"的人,还会有许多像鲁迅那样"横眉冷对千夫指,俯首甘为孺子牛"的人。

在书稿出版之际,我们要感谢编辑宋晓红老师,她总

是第一时间为我们解忧排难，牺牲了大量的休息时间。一个"谢"字，难以表达我们对她的感激之情。

我们也要感谢董丽娟、邵伟、于泓老师，他们对书稿提出了一些有益的意见。

本书的撰写分工为：赵小琪负责自序、中国语言文学是什么、后记的撰写及本书纲目拟写、统稿、修改和定稿工作；谭元亨负责中国语言文学学什么、中国语言文学往何处去的撰写。

赵小琪

2022 年 6 月

"走进大学"丛书书目

什么是自动化？　王　伟　大连理工大学控制科学与工程学院教授
　　　　　　　　　　　　国家杰出青年科学基金获得者(主审)

　　　　　　　　王宏伟　大连理工大学控制科学与工程学院教授

　　　　　　　　王　东　大连理工大学控制科学与工程学院教授

　　　　　　　　夏　浩　大连理工大学控制科学与工程学院院长、教授

什么是计算机？　嵩　天　北京理工大学网络空间安全学院副院长、教授

什么是土木工程？

　　　　　　　　李宏男　大连理工大学土木工程学院教授
　　　　　　　　　　　　国家杰出青年科学基金获得者

什么是水利？　张　弛　大连理工大学建设工程学部部长、教授
　　　　　　　　　　　　国家杰出青年科学基金获得者

什么是化学工程？

　　　　　　　　贺高红　大连理工大学化工学院教授
　　　　　　　　　　　　国家杰出青年科学基金获得者

　　　　　　　　李祥村　大连理工大学化工学院副教授

什么是矿业？　万志军　中国矿业大学矿业工程学院副院长、教授
　　　　　　　　　　　　入选教育部"新世纪优秀人才支持计划"

什么是纺织？　伏广伟　中国纺织工程学会理事长(作序)

　　　　　　　　郑来久　大连工业大学纺织与材料工程学院二级教授

什么是轻工？　石　碧　中国工程院院士
　　　　　　　　　　　　四川大学轻纺与食品学院教授(作序)

　　　　　　　　平清伟　大连工业大学轻工与化学工程学院教授

什么是交通运输？

　　　　　　　　赵胜川　大连理工大学交通运输学院教授
　　　　　　　　　　　　日本东京大学工学部 Fellow

什么是海洋工程？

　　　　　　　　柳淑学　大连理工大学水利工程学院研究员
　　　　　　　　　　　　入选教育部"新世纪优秀人才支持计划"

　　　　　　　　李金宣　大连理工大学水利工程学院副教授

什么是航空航天？

　　　　　　　　万志强　北京航空航天大学航空科学与工程学院副院长、教授

　　　　　　　　杨　超　北京航空航天大学航空科学与工程学院教授
　　　　　　　　　　　　入选教育部"新世纪优秀人才支持计划"

什么是食品科学与工程？

　　　　　　　　朱蓓薇　中国工程院院士
　　　　　　　　　　　　大连工业大学食品学院教授

什么是生物医学工程?
　　　　　　　万遂人　东南大学生物科学与医学工程学院教授
　　　　　　　　　　　中国生物医学工程学会副理事长(作序)
　　　　　　　邱天爽　大连理工大学生物医学工程学院教授
　　　　　　　刘　蓉　大连理工大学生物医学工程学院副教授
　　　　　　　齐莉萍　大连理工大学生物医学工程学院副教授
什么是建筑?　齐　康　中国科学院院士
　　　　　　　　　　　东南大学建筑研究所所长、教授(作序)
　　　　　　　唐　建　大连理工大学建筑与艺术学院院长、教授
什么是生物工程?　贾凌云　大连理工大学生物工程学院院长、教授
　　　　　　　　　　　入选教育部"新世纪优秀人才支持计划"
　　　　　　　袁文杰　大连理工大学生物工程学院副院长、副教授
什么是哲学?　林德宏　南京大学哲学系教授
　　　　　　　　　　　南京大学人文社会科学荣誉资深教授
　　　　　　　刘　鹏　南京大学哲学系副主任、副教授
什么是经济学?　原毅军　大连理工大学经济管理学院教授
什么是社会学?　张建明　中国人民大学党委原常务副书记、教授(作序)
　　　　　　　陈劲松　中国人民大学社会与人口学院教授
　　　　　　　仲婧然　中国人民大学社会与人口学院博士研究生
　　　　　　　陈含章　中国人民大学社会与人口学院硕士研究生
什么是民族学?　南文渊　大连民族大学东北少数民族研究院教授
什么是公安学?　靳高风　中国人民公安大学犯罪学学院院长、教授
　　　　　　　李姝音　中国人民公安大学犯罪学学院副教授
什么是法学?　陈柏峰　中南财经政法大学法学院院长、教授
　　　　　　　　　　　第九届"全国杰出青年法学家"
什么是教育学?　孙阳春　大连理工大学高等教育研究院教授
　　　　　　　林　杰　大连理工大学高等教育研究院副教授
什么是体育学?　于素梅　中国教育科学研究院体卫艺教育研究所副所长、研究员
　　　　　　　王昌友　怀化学院体育与健康学院副教授
什么是心理学?　李　焰　清华大学学生心理发展指导中心主任、教授(主审)
　　　　　　　于　晶　曾任辽宁师范大学教育学院教授
什么是中国语言文学?
　　　　　　　赵小琪　广东培正学院人文学院特聘教授
　　　　　　　　　　　武汉大学文学院教授
　　　　　　　谭元亨　华南理工大学新闻与传播学院二级教授
什么是历史学?　张耕华　华东师范大学历史学系教授

什么是林学？ 张凌云 北京林业大学林学院教授

张新娜 北京林业大学林学院讲师

什么是动物医学？ 陈启军 沈阳农业大学校长、教授

国家杰出青年科学基金获得者

"新世纪百千万人才工程"国家级人选

高维凡 曾任沈阳农业大学动物科学与医学学院副教授

吴长德 沈阳农业大学动物科学与医学学院教授

姜 宁 沈阳农业大学动物科学与医学学院教授

什么是农学？ 陈温福 中国工程院院士

沈阳农业大学农学院教授（主审）

于海秋 沈阳农业大学农学院院长、教授

周宇飞 沈阳农业大学农学院副教授

徐正进 沈阳农业大学农学院教授

什么是医学？ 任守双 哈尔滨医科大学马克思主义学院教授

什么是中医学？ 贾春华 北京中医药大学中医学院教授

李 湛 北京中医药大学岐黄国医班（九年制）博士研究生

什么是公共卫生与预防医学？

刘剑君 中国疾病预防控制中心副主任、研究生院执行院长

刘 珏 北京大学公共卫生学院研究员

么鸿雁 中国疾病预防控制中心研究员

张 晖 全国科学技术名词审定委员会事务中心副主任

什么是护理学？ 姜安丽 海军军医大学护理学院教授

周兰姝 海军军医大学护理学院教授

刘 霖 海军军医大学护理学院副教授

什么是管理学？ 齐丽云 大连理工大学经济管理学院副教授

汪克夷 大连理工大学经济管理学院教授

什么是图书情报与档案管理？

李 刚 南京大学信息管理学院教授

什么是电子商务？ 李 琪 西安交通大学电子商务专业教授

彭丽芳 厦门大学管理学院教授

什么是工业工程？ 郑 力 清华大学副校长、教授（作序）

周德群 南京航空航天大学经济与管理学院院长、教授

欧阳林寒 南京航空航天大学经济与管理学院副教授

什么是艺术学？ 梁 玖 北京师范大学艺术与传媒学院教授

什么是戏剧与影视学？

梁振华 北京师范大学文学院教授、影视编剧、制片人